知中编委会 编著

WE LOVE BEAUTIFUL POETRY

太喜欢诗词了！

元明清

U0867132

中信出版集团 | 北京

图书在版编目（CIP）数据

太喜欢诗词了！. 元明清 / 知中编委会编著 . -- 北京 : 中信出版社 , 2021.3

ISBN 978-7-5217-2855-2

Ⅰ . ①太… Ⅱ . ①知… Ⅲ . ①古典诗歌 – 作品集 – 中国 – 元代②古典诗歌 – 作品集 – 中国 – 明清时代 Ⅳ . ① I22

中国版本图书馆 CIP 数据核字 (2021) 第 034398 号

太喜欢诗词了！元明清

编　著：知中编委会
出版发行：中信出版集团股份有限公司
（北京市朝阳区惠新东街甲 4 号富盛大厦 2 座　邮编　100029）
承 印 者：天津海顺印业包装有限公司分公司

开　本：787mm × 1092mm　1/16　　印　张：6.25　　字　数：200千字
版　次：2021年3月第1版　　印　次：2021年3月第1次印刷
书　号：ISBN 978-7-5217-2855-2
定　价：48.00 元

版权所有 · 侵权必究
如有印刷、装订问题，本公司负责调换。
服务热线：400-600-8099
投稿邮箱：author@citicpub.com

目录

太喜欢诗词了！元明清

图书策划
知中 ZHICHINA
红披风

出版人
苏静

艺术指导
强尼

内容监制
叶扬斌 / 曲群（实习）

策划编辑
叶扬斌 / 陈瑜

责任编辑
郝兰

文字编辑
陈瑜

营销编辑
王沛 / 金慧霖 / 陆琮
徐昇声 / 张旖旎

撰稿人
郭莹莹 / 白棠

插画师
Ricky

联系我们 zhichina@foxmail.com

出版发行
中信出版集团股份有限公司，
北京市朝阳区惠新东街甲 4 号，
富盛大厦 2 座，100029

微博账号
@ 知中 ZHICHINA

微信账号
ZHICHINA2017

元曲与明清诗词总览

元明清

元代，曲这种诗歌体裁渐渐发展起来，元曲是和唐诗宋词媲美的文学瑰宝。元代朝廷打压正统儒学文人，所以当时很多文人都无法实现自己的理想，这使得他们创作的元曲总带着一种反抗的感觉，有的作品以玩世不恭的腔调嘲弄人世，有的作品则用对隐居山林生活的向往表达对现实的失望。

元代之后，曲逐渐衰落，诗则在明清时期重新焕发出生机，当时的诗人越来越重视表达内心的真实感受，为僵化的诗风注入了活力。在追寻汉唐遗风的道路上，各种流派百花齐放，诗人们提出了不少有价值的见解和观念，以创新铸造了属于自己的辉煌。

词在清代也迎来了复兴，词的地位大大提高，一时间名家辈出，流派纷呈，清词也成为宋词之后的又一词坛高峰。

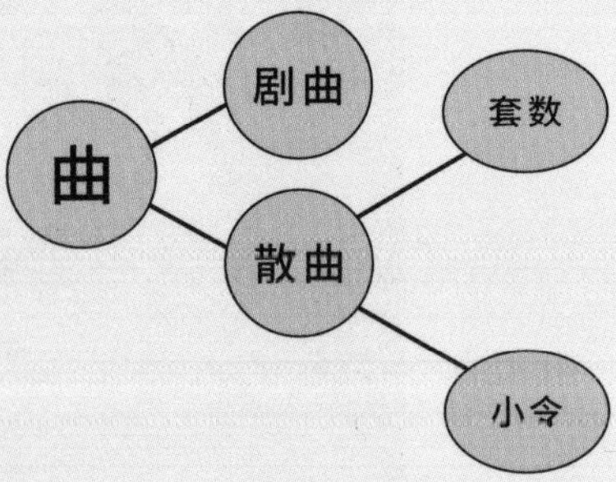

曲和词类似，是能够按照一定调子唱出来的长短句，它受民间俚曲歌谣影响很深，比词更接地气，更通俗自然，里边有一种独特的活泼诙谐。

剧曲 用来在舞台上演绎故事，是戏曲，亦称杂剧。

散曲 用来清唱的诗歌，早期又被称为乐府、新乐府等等。

套数 把多支曲按一定规则组合起来演唱的套曲。

小令 * 以一支曲子为独立单位的只曲。两三个只曲组合而成的小型组曲叫带过曲，是小令的一种体式。

* 小令的体例

◆ 宫调　● 曲牌　▲ 标题

〔越调〕天净沙·秋思

枯藤老树昏鸦，小桥流水人家，古道西风瘦马。夕阳西下，断肠人在天涯。

◆ 宫调

宫调规定了演唱时音阶的高低，类似于我们所说的 C 大调、G 大调，不同的宫调有着不同的风格，适合表达不同的情感。

● 曲牌

曲牌表示演唱曲词时所用的曲调，每个曲牌有自己大致固定的唱法。它和词牌类似，不过比词牌更随意一些，同样的曲牌在不同的作者那里可能会出现变化：每句的字数略有增减，所押的韵也没有那么严格。

▲ 标题

这是作者给自己作品取的名字，从中可以看出这首曲所描写的内容或者作者要表达的思想。

	诗	词	曲

1234 年，蒙古灭金

时期	诗	词	曲
	• 金亡之后，纪乱诗以元好问的成就最高。转仕蒙古的耶律楚材诗文丰富。	• 金代延续苏东坡、辛弃疾的豪放词风，元好问的词作刚柔并济，豪放词、婉约词均有佳作。	

1271 年，元建立

时期	诗	词	曲
元代前期	• 时代交替，南北交融，作家身份复杂，作品风格多样化，代表人物有方回等。	• 南北词风格交会，佳作迭出，有的为新朝建立欢欣鼓舞，有的则怀念前朝，如白朴。	• 以北方为创作中心，作品以豪放风格为主，代表作家有关汉卿、王和卿、白朴、马致远等。
元代中期	• 诗人们努力学习唐诗，用温柔敦厚的诗句歌颂太平，出现了“元诗四大家”虞集、杨载、范梈、揭傒斯。		
元代后期	• 写实倾向增强，王冕是其中的代表。 • 少数民族诗人涌现，写乐府诗的萨都剌最为著名。	• 雅词兴起，沿袭宋代周邦彦、姜夔的风格，虞集的《风入松·寄柯敬仲》十分有名。	• 以南方为创作中心，风格逐渐转以清丽为主，以张可久、乔吉为代表，张可久是散曲作品存世最多者。

1368 年，元灭亡，明建立

时期	诗	词	曲
明代前期	• 历经元末的动荡与明初的高压政治，多数诗人作品风格凝重、悲怆，最出色的四位诗人被称为“吴中四杰”，其中的高启成就最高。 • 李东阳创立茶陵派，推动诗坛改变华而不实的台阁体。		• 明宪王朱有燉一枝独秀，著《诚斋乐府》，保留元曲放达潇洒的特点。
明代中期	• “前七子”与“后七子”推动诗文复古。 • 公安派的袁宏道兄弟三人提出“独抒性灵”的观点。		
明代后期	• 竟陵派的钟惺与谭元春反对复古，重视情感的表达，非常讲究用字修辞。		

1644 年，清兵入关，定都北京

时期	诗	词	曲
清代前期	• 遗民诗人掀开清代诗坛的帷幕，形成清初三大诗派：以钱谦益为代表的虞山派，以吴伟业为代表的娄东派，以陈子龙、夏完淳为代表的云间派。 • 王士禛提出神韵说，追求空灵的美感。	• 以陈维崧为首的阳羡词派、以朱彝尊为首的浙西词派和独树一帜的纳兰性德三足鼎立。	
清代中期	• 袁枚推举性灵说，讲求性情至上的诗歌创作风格。	• 张惠言开创常州词派，主张创作要有感而发，编撰《词选》以证明词和诗赋一样历史悠久，意义重大，大力提高词的地位。	
清代后期	• 龚自珍扛起爱国诗歌的大旗，开近代诗风。	• 乱世造就词的又一光大时代，以龚自珍、谭献、秋瑾为代表的爱国词人涌现，词作题材丰富，多表达对现状的担忧与愤慨。 • 况周颐的《蕙风词话》和王国维的《人间词话》被认为是清末民初重要的词学著作。	

元好问：我用诗歌点评千年诗坛的人和诗

◇◇◇◇◇◇◇◇◇◇◇◇◇◇◇◇◇◇◇◇◇◇◇◇◇

元好问（1190—1257）

字裕之，号遗山，是金代文学家，作品收入《遗山集》中。元好问是金代最重要的诗人之一，存诗一千四百多首。他擅长的诗体多样，其中，七律诗中有部分纪乱诗，记录了金代灭亡后自己面对国破家亡的真实感受，有深厚的历史底蕴。他也是金代最杰出的词人之一，现存词作三百多阕。他还是一位杰出的诗论家，其《论诗》绝句三十首对汉魏以来一千多年间的重要诗人和作品进行点评，是后人重要的诗歌评论参考。此外，他还将金代诗人们的诗歌编撰为《中州集》，成为后人研究金代文学与历史的宝贵史料。晚年的元好问潜心修订金代历史，编撰资料百万字之多，后来元代在修编《金史》的时候参考了他的著述。

◇◇◇◇◇◇◇◇◇◇◇◇◇◇◇◇◇◇◇◇◇◇◇◇◇

诗人故事

我叫元好问，一个生在大金末年的诗人。

我幼时开始读书，七岁就能作诗，三十二岁考中进士，做了官。这是一个才子顺理成章的人生，但我不知道，它是否就是我所学的全部意义。孔子说，四十不惑。我在四十二岁那年，找到了这个问题的答案。

那一年，蒙古军围了京都（今河南开封）。金哀宗丢下满城百姓逃跑，大金元帅崔立在杀了十多位大臣后开城投降。他认为自己救了差点被屠的百姓，于是让我和其他几位文人给他写歌功颂德的碑文。蒙古军入城后奸淫掳掠，立碑之事没了下文，我却为参与这没气节的事郁闷了半辈子。亡国的惨痛让我渐渐明白：作为一个文人，我也许应该记下我走过的时代。之后的岁月里，我写了很多诗，记录我所知所见的一切：金哀帝自尽、故国山河破碎、蒙古军的暴行、百姓的苦难、投降官员的无耻……

我怀念那个逝去的大金，于是开始着手编写《中州集》，搜集金代短短百年历史中涌现出的优秀诗人，记录他们的作品和人生，点评几百年来诗坛的变迁。其实我更想做的是修撰金史，那么多值得流传后世的人和事，如果没有人把它们记录下来，那么几十年后，谁还能知道这存在过的一切呢？我认为，这是一个亡国文人应当扛起的责任。

因为我的金史不是官方出面修撰的，所以我自嘲地给自家的亭子取名叫野史亭。晚年，我周游全国，四处寻访，搜集金国留下的各种文史资料，哪怕只字片言都不放过。慢慢地，我手里的资料越来越丰富，有搜集来的珍贵记录，也有我自己撰写的文章，家中堆满了案卷，到最后竟然有百万字之多。我想，我没有辜负所学的一切，我不只是历史的过客，也是历史的见证人。

摸鱼儿·雁丘词

恨人间、情是何物，直教生死相许。天南地北双飞客，老翅几回寒暑。欢乐趣，离别苦，是中更有痴儿女。君应有语。渺万里层云，千山暮景，只影为谁去？

横汾路，寂寞当年箫鼓，荒烟依旧平楚。招魂楚些何嗟及，山鬼自啼风雨。天也妒，未信与、莺儿燕子俱黄土。千秋万古。为留待骚人，狂歌痛饮，来访雁丘处。

知识卡片 一对大雁的爱情故事

元好问听一位捕雁人说起他追猎一对大雁的事，一只被捕杀后，另一只没有独自逃生，而是撞地殉情而死。元好问听后很感动，买下大雁葬在汾水岸边，并将埋雁处取名为"雁丘"。

上阕中"直教生死相许"这句现在依然很有名，在这里，"直"是竟然的意思，"许"是报答的意思。下阕中用了典故。西汉时，汉武帝也曾在汾水游玩，他在《秋风辞》中写过"泛楼船兮济汾河，横中流兮扬素波，箫鼓鸣兮发棹歌"，而元好问写的"横汾路，寂寞当年箫鼓"，就把汉武帝时的繁盛和今日的萧瑟两相对比。后面"招魂楚些何嗟及，山鬼自啼风雨"分别源于《楚辞》名篇《招魂》《九歌·山鬼》。"为留待骚人"中"骚人"也有典故。屈原作《离骚》，人们就把屈原或《楚辞》作者称为"骚人"，后来这个词泛指文人墨客。范仲淹的《岳阳楼记》有"迁客骚人，多会于此"的表述，里边的"骚人"也是这个意思。

颍亭留别

同李冶仁卿、张肃子敬、王元亮子正，分韵得“画”字。

故人重分携，临流驻归驾。
乾坤展清眺，万景若相借。
北风三日雪，太素秉元化。
九山郁峥嵘，了不受陵跨。
寒波淡淡起，白鸟悠悠下。
怀归人自急，物态本闲暇。
壶觞负吟啸，尘土足悲咤。
回首亭中人，平林澹如画。

• 峥嵘 (zhēngróng)：高俊的样子

知识卡片 达到“无我之境”的离别诗

金国灭亡前，元好问在仕途生涯中曾短暂辞官游历，这首《颍亭留别》就是诗人离开登封与朋友告别时写下的。

在“乾坤展清眺，万景若相借”两句中，诗人用拟人手法，赋予大自然生命与灵性，意思是高天远地令人眼界大为开阔，天地万物好像对人有情意，呈现出多种多样的形态。下一句“太素秉元化”中，“太素”是古人对构成宇宙的物质的称呼，而“元化”则是指自然的演变，这一句的意思是构成宇宙的“太素”控制着大自然的演化，虽只是短短的一小句，我们却可以从中体会到古人理解自然、宇宙的方式。

整首诗意境超然，尤其是“寒波淡淡起，白鸟悠悠下”两句，受到高度评价。清末民初的大文学家王国维在《人间词话》中认为这两句诗达到了“无我之境”，就是说其意境高远，诗中的景物与诗人自己的感情完全融合到了一起，可以和大诗人陶渊明的“采菊东篱下，悠然见南山”相媲美呢！

拓展阅读

论诗（其七）

慷慨歌谣绝不传，穹庐一曲本天然。
中州万古英雄气，也到阴山敕勒川。

◉

《论诗》一共有三十首，这里选取的第七首，是对北朝民歌《敕勒歌》做的评点。他认为《敕勒歌》的特点是“慷慨”，而它的形成则受到中原地区建安时期（196—220）曹氏父子和建安七子等人的影响。建安时期的诗歌正是以“慷慨悲凉”为特征，这在《太喜欢诗词了！先秦至南北朝》中向大家介绍过。

杨柳

杨柳青青沟水流，莺儿调舌弄娇柔。
桃花记得题诗客，斜倚春风笑不休。

◉

“调舌”的意思是耍嘴皮子。“题诗客”指唐代的崔护。相传，崔护曾向一户人家要水喝，一位少女为他端来水后，站在桃花树下含情脉脉地看着他。一年后，崔护再次前往那户人家，却发现那家人已搬走，崔护深觉遗憾，在门上题了一首《题都城南庄》：“去年今日此门中，人面桃花相映红。人面不知何处去，桃花依旧笑春风。”

关汉卿：我是元杂剧“第一人”！

◇◇◇◇◇◇◇◇◇◇◇◇◇◇◇◇◇◇◇◇◇◇◇◇◇

关汉卿（生卒年不详）

生于金末，卒于元，号已斋叟，字汉卿，是元代的戏曲家。关汉卿一生写了六十多种杂剧，现在能找到的有《窦娥冤》《救风尘》《拜月亭》等。这些杂剧题材广泛、情节生动，不仅受到当时民众的喜爱，还对后来元杂剧和戏曲的发展有重大影响。关汉卿还是元代重要的散曲作家，他的散曲多表现男女恋情，尤其擅长刻画女子的心理。他与马致远、郑光祖、白朴并称为“元曲四大家”，王国维在《宋元戏曲考》中把他的作品称作元代第一。

◇◇◇◇◇◇◇◇◇◇◇◇◇◇◇◇◇◇◇◇◇◇◇◇◇

诗人故事

我叫关汉卿，没有人清楚我来自哪里，我出现在人们眼前的时候，就已经是一个有几分才华的梨园常客，喜好攀花折柳的风流浪子了。那个年代，像我这样的人不少。当时，社会地位最高的是蒙古人，我们汉人大多属于最低的第四等。朝廷又重武轻文，汉人书生几乎成了社会最底层。当然，你也可以选择做个帮闲文人，用手中的笔来阿谀奉承，只是稍有点骨气的人都不会那么做。于是，一些读书人会选择隐居山林，对世事抱眼不见心不烦的态度；而另一些读书人就会和我一样，游荡在民间，写点散曲和杂剧换饭吃，有时候还能指桑骂槐出出心里的怨气。

我写的东西还挺受欢迎。人们会因为我讽刺那些纨绔子弟和达官贵人哈哈大笑，会为曲折离奇的情节拍案叫好，还会为故事里的悲欢离合焦急落泪。加上我毕竟读过几年书，在那些市井俗话里，时不时加上一些《尚书》《周易》等典籍里的句子，让我的作品更有一种不一样的味道。很快，我就成了备受追捧的杂剧新贵。当时的文坛名人费君祥、王和卿等人，哪个不和我是好朋友？连色艺双全的名角朱帘秀，也对我另眼相看，与我互赠诗文。

就这样，生活闪现出另一种色彩。我本来就是个玩世不恭的性子，现在越发纵情任性，有时候，我还会自己唱上一出，比起旧时的保守读书人，这简直是胆大妄为之至了。

可这又有什么关系呢？接触到三教九流，我才对这个世界有了更多的了解，才写得出《窦娥冤》里窦娥的不屈，《救风尘》里赵盼儿的义气，以及那许许多多人们喜爱的故事。我喜欢我的选择，在这个动荡的时代，这或许也已是我最好的选择。

〔南吕〕四块玉·别情

自送别，心难舍，一点相思几时绝。凭阑袖拂杨花雪。溪又斜，山又遮，人去也。

知识卡片 你知道“也”字在元曲中的独特用法吗？

关汉卿的散曲感情真挚，朴素清新，用词就像我们平时说话一样亲切自然，这首以女子口气写离别的《四块玉·别情》，就很能体现这一特点。“凭阑袖拂杨花雪”一句中的“杨花雪”是说，风轻轻一吹白色的柳絮就漫天飞舞，好像纷纷扬扬洒落的雪花。这种景色是暮春时节特有的，作者其实是在暗示我们曲中写的是暮春。“溪又斜，山又遮，人去也”几句有两种说法：一说离别在过去，主人公在回忆离别时的场景；一说离别在现在，主人公正看着恋人离开的路黯然神伤。最后一个字“也”没有实际的意义，是一个虚词，诗词中很少把这样的词用在结尾处，这种用法在元曲中却很常见。如果你仔细观察就会发现，元代戏曲家王实甫的《西厢记》中就有“听得道一声‘去也’”，元代散曲家马致远在《夜行船·秋思》中也有“道东篱醉了也”。可见，这种用法是元曲的一个特色。

拓展阅读

〔南吕〕一枝花·不伏老

攀出墙朵朵花，折临路枝枝柳。花攀红蕊嫩，柳折翠条柔。浪子风流，凭着我折柳攀花手，直煞到花残柳败休。半生来折柳攀花，一世里眠花卧柳。

◉

关汉卿处于仕途受阻的元代，和许多汉族文人一样，不得不沉浸在玩乐中。这首曲就是他的一番自我表白，他坦言自己是风流浪子，表现出放纵不羁的姿态。

〔南吕〕四块玉·闲适

南亩耕，东山卧。世态人情经历多。闲将往事思量过，贤的是它，愚的是我，争甚么？

◉

“东山卧”使用了东晋时谢安的典故。谢安曾在东山隐居，后人将隐居称为“卧东山”。研究者认为，这可能是关汉卿晚期的作品，因为其中所表达的对隐逸生活和平淡人生的向往，符合他晚年的心境。

王和卿：我写的散曲能让你笑出声

◇◇◇◇◇◇◇◇◇◇◇◇◇◇◇◇◇◇◇◇◇◇◇◇◇◇◇

王和卿（生卒年不详）

大约生活在金末元初，是位散曲作家。王和卿以性格滑稽、爱开玩笑而知名，作品也和他的为人一样，是轻松诙谐的风格。他经常用口语化的语言来写人记事，这相当通俗有趣。不过，有的作品为了追求滑稽的效果，选材粗俗，故意描绘不美好的事物来引人发笑，体现了市井文化庸俗的一面，在文学史上也因审美趣味不高而被批评，但客观上拓展了散曲题材在世俗方面的尺度。其实，王和卿也写过很雅致的作品，可见他玩世不恭的外表下，依旧保留着传统文人对高雅趣味的向往和追求。

◇◇◇◇◇◇◇◇◇◇◇◇◇◇◇◇◇◇◇◇◇◇◇◇◇◇◇

诗人故事

我叫王和卿，你也许不认识我，但你肯定听说过我的朋友——大名鼎鼎的关汉卿。都说他是当世才子，笔下生花，可是他再牛，也没我牛！你别不信，后世陶宗仪写的那本《南村辍耕录》上面可是白纸黑字地说了，我和关汉卿互相损来损去损了一辈子，斗嘴他一次都没赢过，可见我的能耐了吧。

其实不奇怪，虽说他写了那么多好剧，可是远不如我直白敢说。我可以写小狗是咬人的笤帚，写绿毛乌龟是白大夫的行头，写胖妓女的身体有多么壮，写秃头出门斗笠戴得有多牢靠……总之什么都敢拿来取笑，牙尖嘴利是出了名的。而关汉卿，其实自始至终都没放下他的文人架子。

有人喜欢我这滑稽风格，也有人说我有辱斯文。可我不在乎，现下的文坛，谁都不能忽略我这么一号人物。不过人出名了，也有些麻烦，很多人就对我的出身好奇起来。有人说，我做过官，是大学士；有人说，我就是个平头老百姓；还有人言之凿凿地说，我其实是蔚州那位为了奉养亲人而辞官的王鼎王大孝子。其实，何必考究这么细呢。看我老和关汉卿一块吃喝玩乐，那么志趣相投就知道，我们是差不多的出身，受过差不多的教育，有差不多的经历，也做出了差不多的选择。金末元初，汉人备受歧视，儒学也被打压，我们读书人想要成就一番事业太难了。我不愿躬身侍奉权贵，又不耐隐居田园的寂寞，当然就只有和关汉卿一样，在市井里耍乐。我的那些拿人取乐的粗言鄙语，除了我生性爱开玩笑，也不过是想假装一个玩世不恭的人，在大家的哄笑声中忘记心中的苦闷罢了。

然而，我用散曲写景，时不时就会流露出极致的雅，那是因为在我内心深处，依旧有着对高雅文化的眷恋，依旧希望能实现传统文人的价值呀！

〔仙吕〕醉中天·咏大蝴蝶

弹破庄周梦，两翅驾东风。
三百座名园、一采一个空。
难道风流种，唬杀寻芳的蜜蜂。
轻轻飞动，把卖花人扇过桥东。

知识卡片

一首有喜剧效果的散曲

历史上关于王和卿的记载极少，比较详细的记录，就是元末明初文学家陶宗仪在《南村辍耕录》中记叙的关于这首《醉中天·咏大蝴蝶》的创作契机。说的是，燕市有一只大得异常的蝴蝶，王和卿把它写在了这首夸张有趣的小令中。“弹破庄周梦”指的是《庄子·齐物论》中记载的故事：庄周梦见自己变成了蝴蝶，醒来后却发现自己依旧是庄周，搞不清楚究竟是庄周梦中变成了蝴蝶，还是蝴蝶梦中变成了庄周。“两翅驾东风”也借用了《庄子·逍遥游》中的比喻，书中说鹏飞起来，翅膀像挂在天边的云彩，这里夸张地说蝴蝶的翅膀也像鹏的一样大，能驾驭东风。“唬杀寻芳的蜜蜂”中的“杀”作为副词，用在动词后面表示程度深。全曲每句话都以不同的方式描写蝴蝶之大、之强，用语直白，构思奇特，所描绘的场面很有喜剧效果，是典型的王和卿风格。

马致远：请叫我一声“曲状元”

◇◇◇◇◇◇◇◇◇◇◇◇◇◇◇◇◇◇◇◇

马致远（约 1250—1321 后）

号东篱，是一位元代戏曲作家。马致远的散曲潇洒脱俗，作品集叫作《东篱乐府》。他的杂剧语言优美，以古代四大美女之一王昭君为主角的《汉宫秋》是他的代表作。另外，马致远笔下像《陈抟高卧》等讲述仙人点化世人的神仙道化剧也非常有特色，在元明杂剧中有很大影响。

马致远和关汉卿、郑光祖、白朴并称为“元曲四大家”，他还被叫作“曲状元”，可见成就之高，难怪明代戏曲理论家朱权在《太和正音谱》中说他的作品“宜列群英之上”。

◇◇◇◇◇◇◇◇◇◇◇◇◇◇◇◇◇◇◇◇

诗 人 故 事

我叫马致远，因为和全真教走得很近，并且写了很多神仙道化剧，承蒙大家抬爱，称我一声“马神仙”。加上我晚年选择归隐山林生活，你或许会以为我一直是个宁静致远、超脱俗世的人。

年轻时的我对仕途充满了期待，深信自己必定能一举成名。虽然我的确如愿做了官，却是江浙一个闲散小吏，每天陷在繁杂又无意义的事务中，还避不开那些钩心斗角的事情。尤其是汉人的身份，更让我遭到各种有形无形的排挤打压。这种日子一过就是十多年。我也想过法子，甚至写了不少对皇帝歌功颂德的阿谀奉承之作。但讽刺的是，我的气节并没有我想的那么值钱，即使丢了尊严，也没能换来青云直上的机会。

我心中的郁闷憋屈难以诉说，必须要找个排遣心情的法子。幸好我找到了，那就是写杂剧。我用一支笔，尽情勾勒出一个我喜欢的世界。在那里，我是一切的主宰，可以演绎角色的喜怒哀乐。从讲高人陈抟指点宋太祖赵匡胤得江山后飘然离开的《陈抟高卧》起，我总是一遍遍地写故事的主人公如何视功名如粪土，视富贵如云烟，然后为他们安排超脱尘世的结局，或者归隐山林，或者得道成仙。总之，让他们离开有着种种不如意的现实世界，去过美好的生活。一个作者笔下的故事，就是他内心的写照。我知道，我也该离开了。于是，我辞官归隐，告别那个让我压抑了半生的官场，潜心写我的杂剧。那段时间，我写了很多神仙点化世人的故事，讲述现实的黑暗、官场的腐朽、名利的累人，而远离尘世的山水田园生活才值得人们向往。这是我的真心话吗？连我自己也不知道。我也写过《荐福碑》，讲的是在有明君、有贤臣的太平盛世，一个穷秀才历经坎坷后高中状元的故事。

可笑我这一生，身在官场又羡慕隐居之乐，退隐山林又放不下世俗的名利。这样的我，实在配不上“神仙”这个称呼啊！

〔越调〕天净沙·秋思

枯藤老树昏鸦，小桥流水人家，古道西风瘦马。夕阳西下，断肠人在天涯。

知识卡片 用特殊手法创作出的“秋思之祖”

早在战国时期，宋玉在《九辩》中就说过，秋天肃杀的氛围容易让人悲伤。秋风秋景容易让人生出寂寞凄凉的思绪，引起创作的冲动，所以古来写秋思的诗词尤其多。但为什么元代音韵学家周德清要说这首《天净沙·秋思》为“秋思之祖”呢？因为它的写作手法很特别，一开始直接罗列了九个名词，没有任何衔接词，只用名词来营造氛围。这是唐代诗人常用的手法，我们可以在唐诗中找到很多例子，比如温庭筠的名句“鸡声茅店月，人迹板桥霜”，就用“鸡声”“茅店”“月”“人迹”“板桥”“霜”六个名词，写出了旅人早起赶路的情景，委婉表达了对家乡的思念。

马致远也是如此。在这首曲白描的景色中隐隐透露出自己的情绪，得到了王国维的赞赏：“寥寥数语，深得唐人绝句妙境。”比其他写秋思的作品境界都高，因此它的创作年代虽然晚，但依旧是“秋思之祖”。

拓展阅读

〔双调〕落梅风·远浦帆归

夕阳下，酒旆闲，两三航未曾着岸。落花水香茅舍晚，断桥头卖鱼人散。

◉

这首元曲中，“落梅风”是曲调名，它又叫作“寿阳曲”，所以你看到题为《寿阳曲·远浦帆归》的曲子，也要知道它就是这一首。它是马致远为北宋画家宋迪的《潇湘八景图》写的“潇湘八景”组曲中的一首。宋迪的画现在已经失传了，大家不妨根据诗歌的内容，发挥自己的想象力来描绘一番！

〔双调〕落梅风·人初静

人初静，月正明。纱窗外玉梅斜映。梅花笑人休弄影，月沉时一般孤另。

◉

“弄影”写的是梅花在月光下晃动的样子，它化用自宋代张先的“云破月来花弄影”。“孤另” 的意思是孤零。研究者认为，这首曲子描写的是女子在夜晚孤独一人时的心境。

乔吉：我和张可久并称“曲中李杜”

◇◇◇◇◇◇◇◇◇◇◇◇◇◇◇◇◇◇◇◇

乔吉（？—1345）

又作“乔吉甫”，字梦符，号笙鹤翁、惺惺道人，是元代戏曲作家。他一生创作了大量作品，散曲作品的数量仅次于张可久，后人把他流传下来的散曲整理为《梦符散曲》。他还创作了不少杂剧，已知的有十一种，但大部分失传了，现存的只有《两世姻缘》《金钱记》《扬州梦》三种。乔吉写曲的语言雅致美妙，是元曲清丽派的代表，而且他特别讲究炼字，作品经常有一些奇句警句，就像朱权在《太和正音谱》中说的那样“如神鳌鼓浪”，让人心生震撼。

◇◇◇◇◇◇◇◇◇◇◇◇◇◇◇◇◇◇◇◇

诗人故事

据说，后世有人把我和张可久并称“曲中李杜”。过奖了，我们哪能跟诗仙李白和诗圣杜甫相比呢，我和他，充其量就是一对难兄难弟罢了。

小时候，我和张可久都是不愁衣食只读书的人，以为长大了自然能学而优则仕，然而元代根本没有传统文人走惯了的那条路。张可久还试着结交有能力举荐他的人，我呢，从来都不擅长应酬交际这一套，连朋友都没几个，自然更放不下这个身段去找靠山。

后来，朝廷重开科举，很多读书人都兴奋不已。可我发现考试不仅限制汉人的名额、不能将汉人定为前三名，而且还减少考试人数，以免影响贵族家族的承袭……条条都顶着“不公平”三个大字！我愤懑不已，干脆不去考了，我自称“江湖状元”“烟霞状元”，总之都是状元，不比那个“科举状元”差。可是玩笑归玩笑，我毕竟不是真正的状元。没有了自古以来文人追求的目标，我感到十分茫然，前路漫漫，不知道该怎么办。于是我暂时混迹在市井青楼之中，编点杂剧故事，作些浓词艳曲，打发时间。

大概因为我长得不错，写得也不错，一来二去成了风月场所的名人。那些烟花女子竟然比达官贵人更懂得欣赏我的才华。她们真心诚意地追捧我这个落魄文人，满怀欣喜地看我写给她们的曲词，为我倾倒。我那被世俗凉透了的心，在这里一点点恢复了温度，写了许多曲词送给我的红颜知己。我似乎也过得很快乐，纵情游山，宴饮取乐，不再在乎那些权贵究竟是真心喜欢我的作品，还是只把我当作解闷的清客相公。

或许这就是我对这个社会的反抗吧。你不给我机会堂堂正正地去谋求一番事业，我便彻彻底底抛弃世俗礼仪那一套，做个江湖浪子了此残生。只有一件事很可惜，晚年我家财散尽，本想把这些年的作品出成书，结果囊中羞涩，忙活了半天也没能如愿，只能抱憾了。

［中吕］满庭芳·渔父词

秋江暮景，胭脂林障，翡翠山屏。几年罢却青云兴，直泛沧溟。卧御榻弯的腿疼，坐羊皮惯得身轻。风初定，丝纶慢整，牵动一潭星。

知识卡片 用俗趣的口语，写雅致的曲

元代汉族文人不能像前人那样靠读书出人头地，对现实的失望经常就转化为对隐逸山林生活的美好想象。乔吉写了二十首《满庭芳·渔父词》，描写他心中自由自在、闲适有趣的渔家生活，这首就是其中的代表。

"胭脂林障"中的"胭脂"本来指化妆用的红色颜料，这里用来形容枫叶的颜色。后边"翡翠山屏"中也是用绿色的玉石翡翠来描绘山的颜色。《史记》中用"青云"来比喻高官显爵，所以"几年罢却青云兴"的意思是打消在仕途上的追求。"卧御榻弯的腿疼，坐羊皮惯得身轻"说的是严子陵的典故。《后汉书·逸民传》中记载，严子陵和刘秀本是同学，关系很好。刘秀做了皇帝后召严子陵进京叙旧，两人同榻而眠，严子陵把脚放在刘秀的肚子上。刘秀要给严子陵封官，严子陵不受，依旧披着羊皮在富春江上垂钓。全曲前三句语言非常美，后面又有"弯的腿疼"这样的口语，雅致中透着俗趣，正是乔吉作品的典型风格。

拓展阅读

〔双调〕水仙子·重观瀑布

天机织罢月梭闲，石壁高垂雪练寒。冰丝带雨悬霄汉，几千年晒未干。露华凉人怯衣单。似白虹饮涧，玉龙下山，晴雪飞滩。

◉

“天机”指神话中织女的织布机，“雪练”是织女织出的雪白丝绢。不妨想一下，自然界中的什么像一条从天上垂下来、悬挂在石壁间的白色长绢呢？没错，就是瀑布！这首曲子虽然没有直接出现瀑布的名字，曲作者却巧妙使用织女的神话故事来描绘瀑布的雄奇壮美。

〔双调〕水仙子·寻梅

冬前冬后几村庄，溪北溪南两履霜，树头树底孤山上。冷风来何处香？忽相逢缟袂绡裳。酒醒寒惊梦，笛凄春断肠，淡月昏黄。

◉

“孤山”是宋代林逋隐居的地方，我们曾为大家介绍过他的经历。这首曲中的“淡月昏黄”也是化用自林逋的“暗香浮动月黄昏”。“笛凄春断肠”中的“笛”指一支笛曲《梅花落》。这首曲以“寻梅”为题，虽没有直接写出梅字，但又句句与梅联系着。

张养浩：我，写下一首首著名的怀古散曲

◇◇◇◇◇◇◇◇◇◇◇◇◇◇◇◇◇◇◇◇◇◇◇◇◇

张养浩（1270—1329）

字希孟，号云庄，元代文学家，他做过礼部尚书，参议中书省事，前后经历了从元世祖到元文宗多位皇帝，资历深厚，在民间也极有声望，谥号文忠。张养浩勤政爱民，品行高洁，所写散曲不是抒发对百姓的关怀之情，就是描写隐逸田园的乐趣，有一本散曲集《云庄休居自适小乐府》，现存小令一百六十一首，套数两套。他的诗文也有相当高的成就，与元明善、曹元用并称“三俊”，作品收入《归田类稿》。他的政论集《三事忠告》汇总了他专心研究经史的心得和从政经验。

◇◇◇◇◇◇◇◇◇◇◇◇◇◇◇◇◇◇◇◇◇◇◇◇◇

诗人故事

我叫张养浩。我有过很多官职和头衔，不过你只需要记得我是个读书人就行了。

元朝不是读书人的春天，但我很幸运，总能遇上贵人，在他们的提携下，我的仕途在当时文人中少见的顺畅，十几年内辗转升迁成监察御史。不过，我也担得起这份幸运。带头破除封建迷信、给改过自新的强盗机会、严惩前任县令不敢招惹的当地恶霸，件件都让百姓称道。而我自己的生活，则一直保持读书人的简朴本色，有人看了我那四壁空空的家，感慨我真是做监察御史的好材料，毕竟行得正、坐得端才有底气监察别人。

可监察这工作并不好做。元武宗在位时，我指责皇帝的奢靡行为和不劝谏的大臣，得罪了一大堆人，结果被降职罢官。后来元英宗在位时，我又劝他不要在宫内搞大型灯饰，那样太劳民伤财。虽然皇帝先怒后喜，说有人指出他的错失是好事，但我心里明白，皇帝想做的事没做成，怕是要记恨的。再想想这些年来我得罪了那么多人，朝堂如今又暗流汹涌，我突然觉得很累，干脆辞官回乡了。不操心庙堂之事的日子真是轻松，我写了很多记叙这段隐居生涯的散曲。之后的几年里，朝廷风云变幻，走马灯似的换了几个皇帝，皇帝多次召我为官，但我都婉拒了。我确实想为百姓做点事，但也实在不想回到那个波谲云诡的官场中了。

不过后来，我还是复出了。关中大旱，已经严重到了人吃人的地步。朝廷急需有能力又真心为百姓着想的官员去主持赈灾。我收到任命后，立刻把家财分给附近住的穷人，轻车简行去了陕西。一连四个月，我都没回家睡过觉，白天救灾，晚上向上天祈祷。我六十岁的多病之躯越来越不堪重负，不过读书人达则兼济天下，我已经做好以身报国的准备了。

〔中吕〕山坡羊·潼关怀古

峰峦如聚，波涛如怒。山河表里潼关路。望西都，意踌躇。伤心秦汉经行处，宫阙万间都做了土。兴，百姓苦！亡，百姓苦！

·踌躇（chóuchú）：犹豫不决，徘徊不前

知识卡片 如何用八个字总结朝代更替带给百姓的苦难？

不管是居庙堂之高还是处江湖之远，张养浩的心中都牵挂着百姓，一生曾用《山坡羊》的曲调写下多首怀古小令，以古为镜探讨王朝兴废的原因。1329年，辞官多年的张养浩为了百姓再次踏上仕途，前往陕西赈灾，途中写下了这首《山坡羊·潼关怀古》。

“山河表里潼关路”中的“山河表里”出自《左传》写潼关的句子“表里山河，必无害也”。这里的河是黄河，这句的意思是潼关有山有河易守难攻，可见这里的地势有多险要。“望西都”的“西都”指的是长安，因为东汉建都洛阳，称东都，长安就被称为西都。“伤心秦汉经行处”虽然只提了“秦汉”，但我们要知道，西周、秦、西汉、前赵、前秦、后秦、西魏、北周、隋和唐等十多个王朝曾建都关中，只是因为篇幅有限，才用秦汉来代表。全曲追古思今，以穿透历史的宏大气魄发出兴亡俱是百姓苦的呐喊，拥有极高的思想境界。

〔中吕〕山坡羊·骊山怀古

骊山四顾，阿房一炬，当时奢侈今何处？只见草萧疏，水萦纡。至今遗恨迷烟树。列国周齐秦汉楚，赢，都变做了土；输，都变做了土。

◉

张养浩途径骊山，想起历史上这里发生的事情，心里十分感叹，便写下了这首曲子。骊山在今天的西安，秦始皇的宫殿阿房宫就建在这里。传说，阿房宫规模宏大，奢华气派，但是后来项羽放火将其烧毁。张养浩目之所及，只有一片萧瑟的风景，进而怀古伤今，发出了对古今巨大变化的感慨。

〔双调〕雁儿落带得胜令·退隐

云来山更佳，云去山如画。山因云晦明，云共山高下。倚仗立云沙，回首见山家。野鹿眠山草，山猿戏野花。云霞，我爱山无价。看时行踏，云山也爱咱。

◉

张养浩隐居时写下这支曲子，它是一支带过曲，即两三个曲调相衔接的曲子，这首是“雁儿落”与“得胜令”相衔接。“云山也爱咱”化用了李白的“相看两不厌，只有敬亭山”和辛弃疾的“我见青山多妩媚，料青山见我应如是”。

虞集：我出身儒学世家，是“元诗四大家”之一

◇◇◇◇◇◇◇◇◇◇◇◇◇◇◇◇◇◇◇◇

虞集（1272—1348）

字伯生，号道园，人称邵庵先生，是元代学者、文学家，官至奎章阁侍书学士，谥号文靖。虞集推崇唐代的诗风，讲求诗歌的格律，他自己最擅长的也是律诗，与杨载、范梈、揭傒斯并称“元诗四大家”。他对经史也很有研究，散文延续了韩愈、欧阳修的风格，包含浓厚的儒家思想，并且进一步提倡理学。在元代中期文坛，他非常受欢迎，被视作盟主，不光自己著有《道园学古录》《道园类稿》《道园遗稿》《新编翰林珠玉》等作品集，还和赵世廷等编撰了八百帙《经世大典》，为后世研究元代历史留下了重要资料。

◇◇◇◇◇◇◇◇◇◇◇◇◇◇◇◇◇◇◇◇

诗人故事

我的先祖可追溯到“初唐四大书家”中的虞世南，他以书法和诗文闻名。到了宋代，家族又出了名臣虞允文。我的曾祖父是儒学名家，祖父是西南文坛领袖，父亲是南方理学草庐学派的中坚，母亲也深明儒学义理。所以，很多人说我虞集是秉承儒学百年世家的文气而生的，注定要做一番事业。

大德十一年（1307年），我出任国子助教，学问德行都让人心服口服，诗文也被传诵一时，隐隐有了文坛盟主的样子，不断有人主动来拜见请教。在诗文创作上，我一直都坚持儒家的正统观念，写出来的诗文要“温柔敦厚”，言辞平和。而那些不加节制地抒发自己情感的字句，在我看来都算不得高雅。

我的为官之路挺顺畅，一直升到奎章阁侍书学士，一时间几乎朝廷所有的重要文书都是我来执笔，朝堂大事皇帝也经常咨询我的意见。我也愿意倾我所有，报效这个国家。凡出自我手的奏折，一定引经据典，深入浅出，努力让皇帝能一目了然又有所启发。皇帝问我对政事意见的时候，我也尽量委婉地讲明道理。负责修撰《经世大典》时，我更是夜以继日，力求收录的资料完善、有条理，能让朝堂的一切有章可依，后世也能有典可循。

我深知一个人的力量不够，便努力为国家选取人才，在礼部主持考试时，坚持不要有门户之见，避免让家境贫寒的有识之士落榜。御史中丞马祖常曾经多次在我面前夸他的一个门客，说那人多么有才学。可我觉得那人难担大任，于是没有答应推荐之事。没想到马祖常居然来了次鸿门宴，请我吃饭吃到一半掏出推荐书要我签字，我断然拒绝。国家需要人才。是人才的，一个都不能埋没；不是的，也绝不可鱼目混珠。即使为此得罪人，我也不会放弃原则。那些我得罪的人，加上一些因为皇帝重用我而嫉妒我的人，一有机会就向皇帝进谗言。还好皇帝英明，从未因此疏远我，还怒斥过几次给我下绊子的人。

有此知遇之恩，我还有什么不知足呢？无非就是像三国时诸葛亮那样鞠躬尽瘁、死而后已罢了。

·挼（nuó）：挪的异体字，两手搓摩，这里形容冰水晃动的样子

风入松·寄柯敬仲

画堂红袖倚清酣，华发不胜簪。几回晚直金銮殿，东风软、花里停骖。书诏许传宫烛，轻罗初试朝衫。

御沟冰泮水挼蓝。飞燕语呢喃。重重帘幕寒犹在，凭谁寄银字泥缄。为报先生归也，杏花春雨江南。

知识卡片 怎样用一句话写出江南的美好？

虞集的诗严谨工整，很符合他儒学大家的身份，但词却文采风流，体现出他性格的另一面。柯敬仲和虞集做同僚多年，有着深厚的友谊。当柯敬仲不堪朝堂倾轧归居江南后，虞集就写下这阕《风入松·寄柯敬仲》，给友人寄去一片思念。

上阕主要是回忆。“几回晚直金銮殿，东风软、花里停骖”中，“直”是值班、当值的意思，“骖”指马车。整体写的是两人共事时，金銮殿外春风吹拂，百花盛开，那美丽得足以让马车停下、使人舍不得离开的美景。下阕回到现实。“御沟冰泮水挼蓝”中的“泮”指融化解冻，这里用冰刚融化来表示初春时节。初春还很冷，所以“重重帘幕寒犹在”。“寒犹在”也是暗示当初让柯敬仲离开的是非仍未停歇，所以无人敢寄上问候。“凭谁寄银字泥缄”的“银字泥缄”就是问候的信件。全词雅致清丽，“杏花春雨江南”一句尤妙，据说甚至有人把这阕词织在手帕上拿去卖呢！

张可久：元代散曲家中我的现存作品最多

◇◇◇◇◇◇◇◇◇◇◇◇◇◇◇◇◇◇◇◇◇◇◇◇◇

张可久（1280—约1352）

号小山，是元代散曲作家。张可久的诗和词都写得很棒，但最擅长的还是散曲，他的散曲题材包含了文人生活的方方面面，其中写景的作品用词典雅工丽，意境缠绵幽深，清楚地向我们展示出散曲由俗变雅的趋势，他也因此被视作元代后期促使曲风转变的关键人物。

张可久生前曾编定了《今乐府》《吴盐》《苏堤渔唱》《新乐府》四种散曲集，可惜它们已经失传了，后人重新编辑了《张小山小令》与《小山乐府》。今存小令八百五十余首，套数九套，是现存作品最多的元代散曲作家。

◇◇◇◇◇◇◇◇◇◇◇◇◇◇◇◇◇◇◇◇◇◇◇◇◇

诗人故事

如果你来到元代的杭州，或许能在西湖的边上看见一个蹒跚的身影。那就是我，张可久。

小时候我没受过苦。我的家庭让我衣食无忧，我的聪明让我读书无碍，连写字画画都早早地自成一家，傲视同龄人。可整个少年时代都洋溢着的明媚春光，在我成年后消失了，我的事业遭遇挫折，人生变得阴霾密布。

和大多数汉族文人一样，我也有安邦治国的志向，想要在仕途上有所作为。尽管在元代汉人备受歧视，当时科举还没有恢复，但达官贵人的赏识引荐，一样是条晋升之路。二十岁左右我就出门游历交际，到各地拜见有声望的名流和权贵，希望他们能成为我的伯乐。我每到一地便参加各种文人聚会，诗酒唱和，以求扬名。我认识了一些官员，他们对我印象不错。我也结交了一帮意气相投的朋友，比如文坛前辈卢挚、散曲大家马致远，还有画家赵孟頫，自己也成了当时文坛名人中的一员。我还写了很多很多散曲，出了第一本散曲集《今乐府》。

然而，我没得到做官的机会。但我不气馁，因为暂停科考七十多年后，朝廷竟然难得地恢复了科举。虽然一些规定细则依旧在歧视汉人，但还是让我等读书人热血沸腾。这才是读书人的正道啊！可没想到，我居然没抓住这次机会。我彻底地灰心了。枉我自负诸葛之才，却没有人肯三顾茅庐，人到中年依旧没个着落。

但不管怎样，饭，还是要吃，饭钱，也还得想办法挣。于是，我成了一名小吏，开启了人生的下半场。官吏官吏，官和吏虽然并称，差别却很大。官是仕途正宗，有青云直上的机会，有名留青史的资格。而吏呢，一般是碌碌无为的代名词，无非混口饭吃罢了。一直到七十多岁，我都仕途黯淡，当初的少年意气已经尽数消磨。只有在隐居文人典范林逋曾留驻的西湖，不时看看湖畔孤山上代表文人气节的梅花，才能让我找回一点昔日的影子，这是我仅存的念想了。

〔黄钟〕人月圆·春晚次韵

萋萋芳草春云乱，愁在夕阳中。短亭别酒，
平湖画舫，垂柳骄骢。一声啼鸟，一番夜雨，
一阵东风。桃花吹尽，佳人何在，门掩残红。

• 骢（cōng）：青白色的马，此处泛指马

知识卡片 化用诗词典故，处处体现离别

古人写作喜欢用典，因为这样能让读者联想到很多相关作品来烘云托月，这首《人月圆·春晚次韵》就多处采用了这一手法。“次韵”表示这是和人歌诗，即依次用所和诗中的韵脚作诗。

“萋萋芳草春云乱，愁在夕阳中”，首先“萋萋”是描写草木茂盛的样子。唐代白居易在《赋得古原草送别》中写过“又送王孙去，萋萋满别情”，所以“萋萋”代指离别。“春云”和“夕阳”，化用南朝人江淹《休上人怨别》中写离别的句子“日暮碧云合，佳人殊未来”。不仅如此，“垂柳骄骢”又用了宋代秦观写离别的《八六子·倚危亭》“念柳外青骢别后……袂分时，怆然暗惊”之句。最后“一阵东风。桃花吹尽，佳人何在，门掩残红”，连着四句都是化用了唐代崔护《题都城南庄》一诗：“去年今日此门中，人面桃花相映红。人面不知何处去，桃花依旧笑春风。”全曲多处化用诗词典故，处处体现别离，你看是不是很巧妙？

拓展阅读

〔越调〕凭阑人·江夜

江水澄澄江月明，江上何人搊玉筝？
隔江和泪听，满江长叹声。

◉

这首曲子描写了江边夜晚的情景。如果你仔细观察，会看到每一句里都有“江”字。这是诗人巧妙运用“嵌字体”的形式，将“江”字嵌入各句，不仅使“江夜”的主题更加丰满，而且表现出一唱三叹的风韵。

·搊（chōu）：用手弹拨乐器

〔中吕〕卖花声·怀古

美人自刎乌江岸，战火曾烧赤壁山，将军空老玉门关。伤心秦汉，生民涂炭，读书人一声长叹！

◉

这是一首咏史的曲子，其中使用了多个历史典故。有项羽和虞姬的故事，有孙权和刘备联军大败曹操的赤壁之战，有常年戍守西域的班固的故事。最后，作者还化用张养浩在《山坡羊·潼关怀古》里的句子“伤心秦汉经行处，宫阙万间都做了土”，与前三句联系起来，寄托兴亡之感。

王冕：我与梅花有不解之缘

◇◇◇◇◇◇◇◇◇◇◇◇◇◇◇◇◇◇◇◇◇◇◇◇◇

王冕（1287—1359）

字元章，号煮石山农、饭牛翁、会稽外史、梅花屋主等，是元代画家与诗人。王冕特别擅长画梅花、竹子和石头，尤其是那花密枝繁的梅花，洋溢着勃勃生机，像《墨梅图》《南枝春早图》等梅花图，都是传世佳作。他的诗收入《竹斋集》，其中大部分描写自己的隐居生活，也有一部分揭露元末社会黑暗的现状，批判朝廷暴政，表达对民众的同情，恢复了元代中期诗坛一度中断的反映现实、干预社会的优良传统。所以，王冕被视作元末诗坛具有写实倾向诗人的代表。

◇◇◇◇◇◇◇◇◇◇◇◇◇◇◇◇◇◇◇◇◇◇◇◇◇

诗人故事

我是王冕，世人口中的痴人。小时候家里穷，我常常在放牛时偷偷跑到学校听学生们读书，心下默默记诵，专注得忘记牵牛回家。时不时有人牵着走失的牛来到我家，向我父亲告状说牛踩坏了他家的田。父亲气得要打我，母亲却护着我说，孩子痴迷读书，就随他去吧。

之后，我离家到寺庙住，借着佛像前的长明灯整晚读书。安阳韩大学士听说了我痴迷读书的劲头，就收了我做弟子。我不负他的期望，学得满腹经纶。但我却屡试不中，最终放弃应举。

有朋友推荐我做官，我笑他糊涂，说这天下估计不到十年就会大乱，什么京都豪宅，说不定会变成荒野废墟。那时候元代尚太平无事，很多人听到我的说法就骂我神经病。我也懒得理他们，带着家人隐居在九里山，种点填肚子的豆子粟米，栽点我喜欢的梅花桃杏，自称梅花屋主，生活不知道多逍遥。但有时候，我不得不卖画贴补家用。有人笑话我没有读书人的清高。唉，还不是为了养活自己，不然谁搭理那些俗人。我这样言语无忌，做事不依循常规，说我是个痴人的人越来越多了。不过，有几分痴气反而增加了我的传奇性，大家越发追捧我的作品。但我也想做一番事业，就模仿讨论治国方案的儒家经典《周礼》写了一卷书，不给人看，只在晚上拿出来自己诵读。要是我能遇上明主，应该也能成就一番事业吧。

不久之后，各地纷纷起义，天下大乱，我的预言应验了。朱元璋攻占了婺州后，邀我去做幕僚。或许这便是我要等的机会？我打算去试试，希望能一切顺利吧。

墨梅

我家洗砚池头树，
朵朵花开淡墨痕。
不要人夸颜色好，
只留清气满乾坤。

知识卡片

一首独辟蹊径的咏梅诗

王冕最擅长画梅花，明代政治家、文学家刘伯温就称赞他：“能画梅花称奇绝。”他尤其爱画不着色的淡墨梅花，这首诗便在歌咏这种梅花。“我家洗砚池头树”中的“洗砚池”出自晋代王羲之的典故。相传王羲之在会稽山下的住所有个洗砚池，因为每天练字后就在池中洗笔砚，整池水最后都变黑了。这里作者既是实写自己也过着这种生活，又以有这位同姓前贤而自豪，所以说“我家”。全诗生动活泼，夹叙夹议，被题在王冕为日本僧人良佐所画的淡墨梅花《梅花图》上，画梅咏梅于一体，相得益彰。

徐再思：爱吃甜食的我，留下《甜斋乐府》

◇◇◇◇◇◇◇◇◇◇◇◇◇◇◇◇◇◇◇◇◇◇◇◇

徐再思（生卒年不详）

我们只知道他差不多和张可久是同时代的人，字德可，号甜斋，是元代散曲作家。徐再思擅长写散曲，作品大部分在写景、咏物、抒怀，以及描绘男女之情，风格清新婉丽。朱权在《太和正音谱》中用“如桂林秋月”来形容他作品的美好，清代文学家褚人获则在《坚瓠集》中盛赞他“得相思三昧”。他的小令现存一百零三首，后人把他的作品编撰成集，取名叫作《甜斋乐府》。和他齐名的另一位元代散曲作家贯云石号酸斋，后人也编撰了一本贯云石的作品集叫作《酸斋乐府》，并且把两本作品集放在一起，合称《酸甜乐府》。

◇◇◇◇◇◇◇◇◇◇◇◇◇◇◇◇◇◇◇◇◇◇◇◇

诗人故事

有句俗话说“百无一用是书生”，这大概是元代文人最好的写照。像我徐再思，出身文人世家，自幼聪颖好学，经史子集无一不通，出入结交的都是才高八斗的名士，以为将来必定要做一番大事。可在现实面前，这种抱负不堪一击。仅仅一个汉人身份，就足以断绝我建功立业的路径。再才华横溢，也无计可施，不过让怀才不遇的伤感多添几分而已。可我还年轻，不甘心和许多有着类似遭遇的文人一样归隐田园；从小被书香门第的训诫约束，更让我无法放任自己在市井嬉笑怒骂，甚至以写杂剧为生。我也不擅宴饮交际，没能耐去攀附权贵名流，博一个出身。

迷茫之中，我选择了漂泊。我在江南一带四处游荡，但刻意避开了那些文人墨客集会的热闹与青楼红粉青睐的目光。然而，美好的山水并没有给我太多安慰。心中郁郁，看山是愁山，看水是恨水，凄风苦雨，夕阳衰草，反而更添我心中的落寞感伤。这种心境下，我喜欢上了吃甜食。至少，我能有那么一刻感受到甜蜜的滋味。我对这种感觉痴迷起来，干脆取个号叫甜斋。

我曾尝试过在嘉兴做一个小吏，可很快便对官场迎来送往的那一套厌倦了，更何况当时官吏冗滥，升迁规则复杂到让人绝望。于是我离开了那里，继续我四处旅居的生活。一晃，便是十年过去了。

十年羁旅，抚平了我当初心中的那份不甘。山山水水，诗诗酒酒，生活终于在我眼中重新焕发出生机。我渐渐体会到了那种自然之美，隐逸之乐。这样，也很好。

〔双调〕沉醉东风·春情

一自多才间阔，几时盼得成合？今日个猛见他门前过。待唤着怕人瞧科。我这里高唱当时水调歌，要识得声音是我。

知识卡片 元代女子怎样大胆表达心声？

元代蒙古族大量迁入中原，在这个民族豪放性格的带动下，社会风气变得更加开放，封建礼教对人们的约束远远小于尊崇理学的宋代，所以元曲中对情感的表达通常更为坦率热烈，这首曲子便展现了一位女子的大胆心声。

“一自多才间阔”中的“多才”指多才的郎君，这里是女子对意中人的爱称，“间阔”表示分开了很久。“几时盼得成合”中“成合”指结合、成亲，表现出女子与恋人分开后心心念念要与他在一起的相思之情。“待唤着怕人瞧科”中的“科”本来指元杂剧舞台上人物的动作或者情态，在这一句里没有实际意义。怕人瞧见又要引起恋人的注意该怎么办？于是“高唱当时水调歌”。相传，隋炀帝开通济渠（唐宋时称汴河）的时候曾制《水调歌》谱，后来它成为流行的曲调。《沉醉东风·春情》全曲节奏明快，语言质朴自然，颇见徐再思写男女之情的俊逸轻盈、雅俗共赏之妙。

〔双调〕水仙子·夜雨

一声梧叶一声秋，一点芭蕉一点愁，三更归梦三更后。落灯花棋未收，叹新丰逆旅淹留。枕上十年事，江南二老忧，都到心头。

◉

离家在外的秋夜，还下起了雨，这幅景象令孤独的人深感漂泊之苦，写下了这支曲子。要注意的是，“叹新丰逆旅淹留”这句，在有的版本里是“叹新丰孤馆人留”。据记载，唐朝中书令马周，在未得志时曾住在新丰旅社，受到店主人的冷遇。曲作者借用这个典故来表达自己的羁旅之苦和备受冷落之感。

〔中吕〕朝天子·西湖

里湖，外湖，无处是无春处。真山真水真画图，一片玲珑玉。宜酒宜诗，宜晴宜雨，销金锅锦绣窟。老苏，老逋，杨柳堤梅花墓。

◉

这支曲子描绘了春天的西湖，作者从表面的风光延伸到与西湖相关的历史名人：苏轼与林逋。“杨柳堤”指苏轼在疏浚西湖时命人修筑的苏堤，正是以它为界，西湖分为里湖与外湖。“梅花墓”指的是林逋的墓。

高启：我是明初诗人第一名

◇◇◇◇◇◇◇◇◇◇◇◇◇◇◇◇◇◇◇◇◇◇◇◇

高启（1336—1374）

字季迪，号槎轩、青丘子，是元末明初时期的文学家。由于高启是长洲（今江苏苏州）人，苏州一带又被称为吴，所以人们把他与吴地的才子杨基、张羽、徐贲合称为“吴中四杰”。高启的诗主要描写战乱生活，也有写景和抒发自身情感的作品，有诗集《高太史大全集》、文集《凫藻集》、词集《扣舷集》。他是个很聪明的人，特别善于学习前人的长处，兼采众家之长，改变了元末明初诗坛那种华而不实的风气。清代《四库全书总目》夸他“凡古人之所长无不兼之”，称他“实据明一代诗人之上”。

◇◇◇◇◇◇◇◇◇◇◇◇◇◇◇◇◇◇◇◇◇◇◇◇

诗人故事

人们把初唐最出色的四名诗人称为“初唐四杰”，大明也仿效先贤，列了个“吴中四杰”，我高启，就是其中之一。人们都说我聪明，博览群书，过目不忘，历代诗文的不同风格，我都能驾轻就熟。可是我不懂政治，不懂帝王之心，最终毁了自己的一生。

在我青年时期，各地起义反抗元朝暴政，张士诚也在吴地称王，建立起大周政权。我常和苏州城北郭的才子们诗词相和，大家得了个“北郭十友”的美称。于是，张士诚旗下的参知政事饶介再三延请，招我去做他的幕僚。但我不习惯官场的黑暗，敷衍了几年就找个借口辞官，到青丘和岳父一家住在一起。直到明太祖朱元璋坐了江山，朝廷请我去修《元史》，我才结束隐居生活。没想到这段做幕僚的日子后来竟成了我的罪证。

我先在翰林院修史，后来朱元璋赏识我的才学，又让我去教授诸王，再后来，又想让我去做户部侍郎。修史和教书还成，可我是真不想再当官了。于是我以资历尚浅不堪重任为由，推辞了这份委任。朱元璋没说什么，放我离开，还赏赐了我很多财宝。没想到这件事可能拂了这位皇帝的面子。加上朱元璋觉得我写的一些诗，比如《宫女图》等是在讽刺他，心里对我不满得很。

回乡之后，我总算过上了自由自在的日子，走亲访友，吟诗作对，不亦乐乎。以前在翰林院的同僚魏观重修府衙，请我写篇贺文。乔迁之喜，怎能不贺？我一口答应，洋洋洒洒写了一篇《上梁文》，没想到却惹来祸事。

魏观府衙的旧址，恰好是张士诚的旧宫所在。当初朱元璋和张士诚争天下，打得你死我活，偏偏在这篇贺文里我用了“龙盘虎踞”这个词，没想到这个词犯了皇帝的忌讳。朱元璋认为，我用这个词形容张士诚的旧宫，是在造大明朱家的反。然后，又牵扯出我做过张士诚下属幕僚的旧事，还有得罪朱元璋的各种小事，新仇旧恨夹在一起，等待我的大概不会是什么好结果吧？

春暮西园

绿池芳草满晴波，春色都从雨里过。
知是邻家花落尽，菜畦今日蝶来多。

知识卡片 高启的诗作悄悄透露了他喜欢的地方

高启生在乱世，又厌恶仕途生活的沉闷，所以作品中有不少田园诗，寄托了他对田园生活的向往之情，这首《春暮西园》就是其中之一。西园这个地方对高启有非常重要的意义，他的很多作品都涉及西园，比如《与客饮西园花下》《西园闲兴》等。有说法认为，西园就是苏州的西园，是当时吴越文人经常游玩的地方，由此可以猜想风景应该很不错。《春暮西园》的第一句"绿池芳草满晴波"写出西园阳光下美丽动人的春水和春草。"菜畦今日蝶来多"中的畦，指有土埂围着的整齐排列的田地，可见花了不少心思精心打理。既有美景，又花了心思，还经常和朋友在这里聚会，一定留下了不少美好的回忆，难怪诗人这么喜欢西园呢。

拓展阅读

宫女图

女奴扶醉踏苍苔，明月西园侍宴回。
小犬隔花空吠影，夜深宫禁有谁来？

◉

这首诗以宫女深夜醉酒为中心描写宫廷生活，全诗婉转含蓄，笔法高明。许多研究者认为，诗中暗含了诗人对宫廷淫乱的讽刺，这使得朱元璋产生了不满，导致了高启后来的不幸遭遇。

梅花九首（其一）

琼姿只合在瑶台，谁向江南处处栽？
雪满山中高士卧，月明林下美人来。
寒依疏影萧萧竹，春掩残香漠漠苔。
自去何郎无好咏，东风愁寂几回开？

◉

诗中的“琼姿”指梅花美好的姿态，“瑶台”则是传说中神仙的居所，诗人高启认为梅花的高洁之美本应存在于仙境中，可见他对梅花的称赞。“何郎”指南朝梁诗人何逊，他曾写过多首咏梅诗。

于谦：我被称为大明的救时宰相

◇◇◇◇◇◇◇◇◇◇◇◇◇◇◇◇◇◇◇◇

于谦（1398—1457）

字廷益，号节庵，是一位明代名臣，谥号忠肃，也是一位诗人。于谦的诗主要描写社会实际生活，具有深厚的思想内涵，比起当时文坛一味讲究形式的台阁体，更具真情实感。于谦的一些作品虽然在艺术上较为粗糙，但别有一番风骨。其《于忠肃集》中的作品，得到后世文学大家钱谦益、王世贞、朱彝尊等的高度评价。王世贞在《明诗评》中称赞他有"颖异之才"，诗作和少年儿郎一样痛快直率，有着饱满的精神面貌。

◇◇◇◇◇◇◇◇◇◇◇◇◇◇◇◇◇◇◇◇

诗人故事

你们有自己的偶像吗？我有。我从小就喜欢读历史人物的故事，宋代舍生取义的文天祥就是我的偶像。他在诗中写道："人生自古谁无死，留取丹心照汗青。"这种视死如归的勇气令我十分震撼。七岁的时候，一个和尚说我于谦注定要拯救大明。不管可信与否，长大后我都走上了读书做官这条读书人向往的道路。但没想到，真的有那么一天！

大明西面的蒙古族瓦剌部大举进犯，皇帝朱祁镇御驾亲征，在土木堡被俘。朝廷乱成一团，甚至有人提议迁都南京。我认为京师是国家根本，绝不可动摇，否则就是南渡的宋朝的下场。于是，我站出来批驳了这个提议，并且临危受命，把抗击瓦剌、守卫京城的重担扛在了肩上。我率军和瓦剌殊死激战，终于把敌人赶回了塞外。这大概就是那和尚说的救世了吧？朱祁镇未归时，朱祁钰继位，朝堂中大大小小的事，皇帝朱祁钰也要问我的意见，我真成了大明的中流砥柱。

为大明做出自己的贡献，我很欣慰，但你们也能看出来，我把主要精力都放在为国为民办事上，写诗嘛，往往提笔就写，顾不得锤炼语言，认为把我心里头最真实的情感写出来就好。当时喜欢堆砌华丽辞藻、歌功颂德的台阁体诗还挺流行，可我偏偏看不惯，我认为把民间的疾苦反映出来，把个人的真性情展示出来的，才是好作品啊！

有很多人讨厌我，因为我有才干，不肯和他们同流合污，更不肯在皇帝朱祁钰面前为他们说好话，他们就陷害我。朱祁钰在位时很信任我，那些陷害我的人一次都没有得逞。可是皇帝朱祁钰病重，他们拥戴从瓦剌回来的朱祁镇复辟后，以谋反的罪名把我抓进监牢，要处死我。我知道这些都是设计好的阴谋，根本就懒得声辩。

大明在我手里转危为安，我的使命已经完成了，如何评说，都是后人的事了。

石灰吟

千锤万击出深山，
烈火焚烧若等闲。
粉骨碎身全不怕，
要留清白在人间。

知识卡片

这首诗里有个化学问题

你知道古人是怎样制作石灰的吗？那时候可没有现代化工业生产线，制作的过程非常艰难。首先需要到深山中千锤万击地开采石灰岩，然后将之投入到石灰窑中，用超过九百摄氏度的烈火长时间煅烧，形成坚硬的生石灰，最后还要把生石灰投入到水中让它爆裂解体，变成可以使用的熟石灰粉末。十七岁的于谦了解到这个过程后，写下了这首《石灰吟》，借物喻人，抒发自己的志向。

标题中的石灰是指最后烧制成的熟石灰，是氢氧化钙的俗名，是一种白色的粉末，所以诗里用“清白”来形容它。短短四句既是写石灰，又是写诗人自己，二者浑然一体，质朴自然，属于咏物诗中的佳作。

咏煤炭

凿开混沌得乌金，藏蓄阳和意最深。
爝火燃回春浩浩，洪炉照破夜沉沉。
鼎彝元赖生成力，铁石犹存死后心。
但愿苍生俱饱暖，不辞辛苦出山林。

◉

诗人在这首诗中歌咏煤炭，“乌金”说的就是它。煤炭燃烧自己让大家感受到温暖，这种奉献精神值得我们学习。所以，学者们认为诗歌的最后一句是诗人在言己，希望自己像煤炭那样，为天下百姓奉献自己。

•爝火（juéhuǒ）：火把

观书

书卷多情似故人，晨昏忧乐每相亲。
眼前直下三千字，胸次全无一点尘。
活水源流随处满，东风花柳逐时新。
金鞍玉勒寻芳客，未信我庐别有春。

◉

在这首诗中，诗人表达了自己对书的喜爱，认为书像自己的老朋友一样亲切。“眼前直下三千字”化用自李白描写庐山瀑布的“飞流直下三千尺”。“活水源流随处满”化用自朱熹的“问渠那得清如许？为有源头活水来”。“金鞍玉勒”两句指的是富家子弟游玩享乐，不理解读书人的精神追求。

李东阳：我乃开创茶陵派的明代大学士

◇◇◇◇◇◇◇◇◇◇◇◇◇◇◇◇◇◇◇◇◇◇◇◇◇◇◇◇◇

李东阳（1447—1516）

字宾之，号西涯，谥号文正。李东阳不但是明代茶陵派的核心人物，还是朝廷重臣，声望很高，所以主持文坛数十年。在他公开反对台阁体华而不实的文风后，很多人都受到影响，其中七位最有名的追随者还被称为"前七子"，他们和李东阳一起成为明代中期诗文复古的代表人物。不过李东阳自己的诗因为不少是用于官场应酬，比如给别人的题词赠言，所以还是有台阁体的痕迹，但也有一部分作品所涉题材广泛，颇具真情实感，称得上是佳作，有《怀麓堂集》等。

◇◇◇◇◇◇◇◇◇◇◇◇◇◇◇◇◇◇◇◇◇◇◇◇◇◇◇◇◇

诗人故事

有人说，李东阳是才华横溢的文坛领袖；有人说，李东阳只是个走运的文人；有人说，李东阳是一代能臣；也有人说，李东阳是个八面玲珑的政客。也许听了我的故事，你会有自己的评价。

小时候，我是大家眼中的神童，皇帝多次召见我，让我坐在他膝盖上，又赐水果又赐财宝。长大后，我顺顺利利地考进士，入翰林，不断升职，后来还成了东宫太子的老师，深得未来皇帝的信赖。我没辜负朝廷的重用，在旱灾时摘录《孟子》名篇而成的奏章，直指问题核心，深获好评。当时，朝廷的权力集中在内阁，内阁的大学士相当于宰相。我资历虽然不深，却很快入了内阁，并且有了善谋的美名。但这个"谋"，大概也有老谋深算的意思在里面。我和礼部侍郎程敏政一起主考会试，他被牵扯进试题泄露的案子里，我为了息事宁人，没有录取传说中事先得知考题的江南才子唐寅和徐经。后来事情愈演愈烈，程敏政被迫辞官。有人说我是个精于算计的人，虽然不会对同僚落井下石，但也明哲保身，不会帮着申辩以免被牵连。

的确，我天生就擅长处理各种关系，在朝堂上游刃有余。明武宗朱厚照继位后，以太监刘瑾为首的宦官势力，和以刘健为首的官僚集团斗得那么凶，我居然在两边左右逢源，甚至在刘健等溃败后，还被刘瑾留在内阁，担任大学士，看起来的确是个有城府的"老狐狸"。当然有些人特别看不惯这一点，认为我有损士大夫气节。送别刘健时我落泪了，被他鄙视说哭什么哭，不如当初和他们一起对抗刘瑾，大家现在一起走。连我的门生都写信给我，说我要是不和太监党划清界限，就不要怪他不念师生之情了。但我留下来，做的事情是有益社稷的啊！我跟刘瑾虚与委蛇，实际保护了很多大臣，减缓了一些不良政策的实施，让宦官一派的过分言行有所收敛。可等刘瑾倒台之后，反而有很多言官跳出来，指责我的不是。

我也不想分辩，反正我家徒四壁，五十年宦海生涯，历经三朝位极人臣，我没有给自己谋过私利。我，问心无愧，希望皇帝能给我个好点的谥号。

茶陵竹枝歌（其七）

春尽田家郎未归，小池凉雨试绨衣。
园桑绿罢蚕初熟，野麦青时雉始飞。

·绨（chī）：细葛布
·雉（zhì）：野鸡

知识卡片　看李东阳如何描写农家生活

茶陵是现在湖南省的一个县，为什么会以这个县命名一个诗歌流派呢？因为李东阳的家乡是茶陵，所以人们就把追随和赞同他诗歌复古理念的文人团体叫作茶陵派。

李东阳写了很多关于家乡的诗，比如他返回祖籍茶陵时就创作了十首《茶陵竹枝歌》。竹枝歌就是竹枝词，也叫竹枝，原本是巴渝（今重庆）一带民歌，唐代刘禹锡将其变为一种诗歌体裁。元代末期出现过大型竹枝词酬唱活动，受其影响，明代文人很喜欢写竹枝词，创作的数量和题材的广泛程度均为历代之冠。

竹枝歌的形式一般为七言绝句，语言通俗，多描绘风土民情和男女之情。李东阳在这首《茶陵竹枝歌（其七）》中，自然真切地描述了农家生活，像“小池凉雨试绨衣”一句中的“绨衣”，就是民间夏季常穿的细葛布衣。这种风格和讲求形式华丽的台阁体完全不同，体现了李东阳力求自然抒情的主张。

拓展阅读

柯敬仲墨竹（选一）

莫将画竹论难易，刚道繁难简更难。
君看萧萧只数叶，满堂风雨不胜寒。

◉

柯敬仲是元代的一位书画家，他擅长画墨竹，这首诗就是诗人为柯敬仲所画的墨竹写的诗。诗人在谈论画家画作的同时，自然地表达出他自己对艺术的观点。小读者，你们读出诗人的艺术观了吗？

黄莺

柳花如雪满春城，始听东风第一声。
梦里江南旧时路，隔溪烟雨未分明。

◉

黄莺在古典诗词中常常与春天一起出现，大家还记得宋代黄庭坚的“春无踪迹谁知，除非问取黄鹂”吗？里面的“黄鹂”就是黄莺。在这首诗里，诗人更将黄鹂的叫声说成“东风第一声”，黄鹂在春天里啼叫，仿佛在为人们报春。

王磐：我一生隐居江南，依旧是南曲之冠

◇◇◇◇◇◇◇◇◇◇◇◇◇◇◇◇◇◇◇◇◇◇◇◇◇

王磐（约 1470—约 1530）

字鸿渐，号西楼，是明代散曲作家。王磐的作品大部分是写景记事或者咏物言志的，风格清丽俊逸，是南方散曲家的代表人物，与陈铎并称“南曲之冠”。他还有一部分作品用辛辣的笔调揭露社会的黑暗，是少数用散曲来写时事的作者。明代学者王骥德在《曲律》一书中，把他与明代文学家徐渭、戏曲家汤显祖并列。可惜的是，由于王磐常年隐居江南，除了散曲集《西楼乐府》和诗歌集《西楼诗集》，只知道他还写了一本《野菜谱》，其他事迹和作品都没有确切的记载，大家对他的了解并不多。

◇◇◇◇◇◇◇◇◇◇◇◇◇◇◇◇◇◇◇◇◇◇◇◇◇

诗人故事

我是快乐的王磐，不愿学而优则仕，也不求青史留名，就希望这辈子能活得开开心心。

我因为出生在富豪之家，不需要赚钱养家糊口，所以大好时光，统统可以“挥霍”在喜爱的事情上。

我待在家里读书、作画、学医，研究各种有趣的事情，还在高邮城西修了一栋小楼，自称西楼先生，整日在此和朋友行风雅之事：扫雪烹茶，观月赏花，诗酒唱和。每年元宵，还要请朋友过来欣赏火树银花，后来这竟然成了当地文人的惯例。我为此写的曲里，从来没有去国怀乡的沉重，没有怀才不遇的阴郁，也没有故作姿态的说教，每个字的背后都是快乐。

可惜明武宗朱厚照继位后，世道慢慢就变了。宦官刘瑾把持朝政，搞得大明乌烟瘴气，民不聊生。朝廷面对自然灾害，缺少应对措施，于是饥荒连年，流民处处，哀鸿遍野。我亲眼看见有人挖野菜充饥，结果误食有毒的植物而丢了性命。

于是，我开始走访各地，求教各种人士，学习如何辨别可食用的和有毒的野菜，并且亲自试吃。回家之后，我把各种野菜的形象画出来，配上简单浅显、朗朗上口的歌谣，介绍不同野菜的样子、生长季节、功效，以及采摘和食用的方法，编成一本《野菜谱》，希望帮助大家挺过一场场的天灾与人祸。

我的朋友中也有去做官的，比如和我交情最好的庄杲。他因为上书劝皇帝不要在宫里设鳌山灯，结果被皇帝罚了二十廷杖。还有陆沫，明明是个诙谐善诗的才子，结果因为好开玩笑得罪了人，被发配湖广戍守，最后死在那里。就算仕途畅达如杨一清，官至内阁，却因官场斗争，心火太旺导致背上生疽而死。

相比之下，我这个闲人，一辈子算是最顺遂、最轻松的了。我不后悔我的选择，我是快乐的王磐。

〔中吕〕朝天子·咏喇叭

喇叭，唢呐，曲儿小腔儿大。官船来往乱如麻，全仗你抬声价。军听了军愁，民听了民怕。哪里去辨甚么真共假？眼见的吹翻了这家，吹伤了那家，只吹的水尽鹅飞罢！

知识卡片 你这个装腔作势的“喇叭”

明朝中叶，宦官们经常出宫到各地，压迫军民，搜刮民脂民膏。王磐所在的高邮正处运河交通要道，经常能看到官船上的太监耀武耀威，于是他写下这首《朝天子·咏喇叭》进行讽刺。

“喇叭，唢呐，曲儿小腔儿大”中，喇叭和唢呐都是常见的传统乐器，体积不大但声音特别大，这里解释了太监们喜欢用这两种乐器的原因，也含有对太监们虚张声势的不屑。为什么会“军听了军愁”呢？因为明朝皇帝为了加强对军队的控制，会派心腹太监到军队监军。这些太监胡乱指挥，影响军队管理，所以军队也对他们的到来很烦恼。虽然“哪里去辨甚么真共假？”中的“真共假”，暗示太监的行为有的是朝廷安排，有的是狐假虎威，借用朝廷的名义。可怎么辨别，谁又敢去辨别呢？于是只能任由太监横行霸道，装腔作势，危害社会。

唐寅：你可以叫我江南风流才子

◇◇◇◇◇◇◇◇◇◇◇◇◇◇◇◇◇◇◇◇◇

唐寅（1470—1524）

字伯虎，又字子畏，号六如居士、桃花庵主、逃禅仙吏等，是明代的画家、文学家。唐寅的诗歌和绘画成就都相当高，在江南一带名气很大，和祝允明、文徵明、徐祯卿合称“吴中四才子”。他向明代画家周臣学习绘画，精通山水、花鸟和人物画，与沈周、文徵明、仇英合称“明四家”，现在还能看到他的《落霞孤鹜图》《秋风纨扇图》《风木图》等作品。他早期的诗歌带有六朝时期那种浓艳的风格，到了中年逐渐平淡，晚年则转为放纵不羁，著有《六如居士全集》，后世编有《唐伯虎全集》。

◇◇◇◇◇◇◇◇◇◇◇◇◇◇◇◇◇◇◇◇◇

诗人故事

江南自古文人荟萃，但说到“江南才子”这四个字，很多人都会想到我，唐伯虎。

我出身商贾之家，父亲却希望我能走科举之路光耀门楣，但我偏偏不喜欢。父亲过世后，我把那些科考的书本扔到一边，也不继承父业去行商，只过我诗酒风流的日子。妻儿相继过世后，我更觉得世事无常，行为越发放纵不羁，甚至和有狂生之称的张灵一起跑到学校外的水池，脱光了衣服打水仗。

好友祝允明看不下去了，劝我用心读书，考个功名好好过日子。我心想，功名，随随便便就能考一个。于是接下来的一年里，我闭门复习，第二年果然考取了乡试第一名。

主考官梁储看到我的试卷后觉得我是个奇才，于是将我推荐给礼部侍郎程敏政。程敏政也很赏识我，将我收入门下。可偏偏在会试的时候，和我同船入京并且同住的徐经居然买通了程敏政的书童，偷了试题，我因为和程敏政关系密切，也受到牵连。虽然官员们找不到我和程敏政勾结的证据，但因为朝堂内斗等原因，最终还是让我做了牺牲品，取消了我的科考成绩，贬黜我到浙江为吏。

这事让我对官场很灰心，干脆放弃仕途，直接回家去了。续娶的妻子不理解我的行为，觉得我前途无望，和我分开了。之后，我搬到桃花庵居住，这里景色美丽，正适合和朋友诗酒唱酬。我还娶了和我志趣相投的沈氏，我们相敬如宾，又生了个女儿，小日子过得轻松自在。

可随着我的名声越来越大，麻烦就来了。宁王重金请我去做幕僚，但我去了之后，发现他居然有谋逆之心。我想走，最后靠装疯卖傻得以顺利脱身。这次的事让我对仕途人心有了更多的了解，越发看淡了世俗规矩，行为更加任性，于是民间多了很多关于我的传说。我江南才子的名声也就在这些半真半假的故事中，越传越开了。

一剪梅

雨打梨花深闭门，忘了青春，误了青春。
赏心乐事共谁论？花下销魂，月下销魂。

愁聚眉峰尽日颦，千点啼痕，万点啼痕。
晓看天色暮看云，行也思君，坐也思君。

知识卡片 继承《诗经》重章叠句手法的闺怨词

这是一阕闺怨词。“雨打梨花深闭门”直接引用宋代李重元词作《忆王孙·春词》的最后一句，勾勒出哀怨冷清的氛围。在这种环境下，主人公有怎样的心情呢？“赏心乐事共谁论？”其中“赏心”是欢畅的心情，“乐事”是快乐的事情。南朝人谢灵运认为良辰、美景、赏心、乐事是四样很难同时拥有的事物。可这阕词中的主人公却有了好东西，无人可分享，只能“花下销魂，月下销魂”。古人认为魂是人的精灵，销魂就是魂魄离开后，人变得神思茫然，这里用来形容悲伤黯然的状态。“花下销魂，月下销魂”这种重复使用相同的结构和字词的地方，整阕词中有四处。这种手法，是源自《诗经》的重章叠句之法，有独特的音韵与意境之美。唐代白居易在《长相思·汴水流》中的“汴水流，泗水流”，宋代李清照《一剪梅·红藕香残玉簟秋》中的“才下眉头，却上心头”，清代纳兰性德《长相思·山一程》中的“山一程，水一程”，也都运用了这种手法。

画鸡

头上红冠不用裁，满身雪白走将来。
平生不敢轻言语，一叫千门万户开。

◉

顾名思义，这首诗惟妙惟肖地描写了一只大公鸡。在写诗前，唐寅先画了一幅公鸡的画，之后，他又根据自己的画题写了这首《画鸡》，所以这是一首题画诗。

把酒对月歌

李白前时原有月，唯有李白诗能说。
李白如今已仙去，月在青天几圆缺？
今人犹歌李白诗，明月还如李白时。
我学李白对明月，月与李白安能知？
李白能诗复能酒，我今百杯复千首。
我愧虽无李白才，料应月不嫌我丑。
我也不登天子船，我也不上长安眠。
姑苏城外一茅屋，万树桃花月满天。

◉

唐寅仕途不如意，便在苏州建造了桃花庵，过起了诗酒风流的人生。诗中“姑苏城外一茅屋”指的就是桃花庵。这首诗，反复多次出现李白、明月、饮酒，唐寅借李白的飘逸旷达，喜欢月亮、饮酒的特点，表明自己藐视世俗、狂放不羁的心声。“我也不登天子船，我也不上长安眠”化用了杜甫《饮中八仙歌》中的“李白一斗诗百篇，长安市上酒家眠。天子呼来不上船，自称臣是酒中仙”。唐寅在这里是说自己虽没有李白那样得到皇帝应召的经历，但有和李白相似的豪放性格，享受自由自在的快意人生。

李梦阳：来，跟我一起向民间文学学习

◇◇◇◇◇◇◇◇◇◇◇◇◇◇◇◇◇◇◇◇◇◇◇◇◇

李梦阳（1473—1530）

字献吉，又字天赐，号空同子，是明代的文学家。李梦阳的诗重视真情的表达，认为“真诗乃在民间”。他还推崇汉魏和唐代的诗歌风格，希望通过诗文复古来重振当时衰落的文坛，是明朝中叶文坛百年复古运动的代表人物，与持有相同理念的何景明、徐祯卿、边贡、康海、王九思、王廷相合称“前七子”，又与何景明、徐祯卿、边贡、康海、王九思、朱应登、顾璘、陈沂、郑善夫并称“十才子”。著有《空同集》。

◇◇◇◇◇◇◇◇◇◇◇◇◇◇◇◇◇◇◇◇◇◇◇◇◇

诗人故事

我是永远的“少年人”李梦阳。

“少年人”，应该是自信甚至自负的。我年少时一举拿下乡试第一，不把当世任何人放在眼里。内阁大学士李东阳主持文坛，德高望重，我都敢瞧不起他，觉得他的诗文太过软弱，哪里比得上我诗作的大气磅礴，慷慨激昂。

“少年人”，应该是胆大到“妄为”的。我在奏章中指出当朝皇后之父寿宁侯张鹤龄的一些违法行为，被以不懂上下尊卑的罪名关进锦衣卫狱。靠别人说情，皇帝把我放了出来，但还是罚了我三个月的俸禄。后来我在路上遇见寿宁侯，一时火起揍了他一顿，打掉他两颗牙齿。他心虚，也没敢把我怎么着。

“少年人”，应该是敢为天下先的。当时文坛萎靡，流行华而不实的台阁体，被程朱理学弄得干瘪瘪的诗已经离抒情言志的本意太远了。我自认为有责任改变这局面，于是和几位志同道合的人一起站出来搞起了复古运动，呼吁人们学习前人的优秀作品。

然而，这个世道容不下这样的“少年人”。在对抗阉党的斗争中，我积极参与，结果得罪了太监刘瑾，差点没命。刘瑾倒台后，朝廷依旧腐败遍地。我的刚正不阿让我得罪了不少官僚，于是他们勾结起来陷害我，我又再次入狱，最后丢了官。仕途如此坎坷，我的诗里面也难免多了感慨无奈。但幸运的是，在这片浓重的黑色中，我还保留着年少时的一样东西：真。

常年在社会底层晃荡，我发现比起官场中应酬的诗歌，民间文学反而有着异常蓬勃的生命力，写的是真真切切的生活，里边是人们真实的想法和情感。于是我也开始学着写民谣，越写越感觉这种有血有肉的诗，才是真正的诗，能擦亮心中那一点真。这点被擦亮的真，一直伴随着我，让我年纪渐长，狂气不减，老了还能千金散尽宴请朋友，一起骑马打猎，谈诗论文，桀骜一如当年。

汴京元夕（选一）

中山孺子倚新装，
郑女燕姬独擅场。
齐唱宪王春乐府，
金梁桥外月如霜。

知识卡片

你知道开封府的元宵节有多棒吗？

汴京指河南开封，历史上有多个朝代在这里建都。元夕就是正月十五，即元宵节，又叫上元节。从题目我们就能知道，这首《汴京元夕》写的是开封过元宵时的情景。

“中山孺子倚新装，郑女燕姬独擅场”中的“中山”“郑”“燕”都是位于河南河北一带的春秋战国时的一些国家，中山出英俊的男子，郑、燕出美女，“中山孺子”和“郑女燕姬”合指北方的俊男美女。“齐唱宪王春乐府”，宪王是明太祖第五子朱橚的长子朱有燉，谥号为宪，所以称为宪王。他是个很有才华的王爷，精通音律，擅长散曲和杂剧，创作了三十一种杂剧，收入到《诚斋乐府》中。这里讲的是帅哥美女演绎着宪王的杂剧，来庆祝元宵佳节。歌舞声传了很远，一直传到了汴京城的金梁桥，节日氛围遍布全城，一切是那么美好。

夏口夜泊别友人

黄鹤楼前日欲低，汉阳城树乱乌啼。
孤舟夜泊东游客，恨杀长江不向西。

◉

夏口在今天的湖北武汉，而黄鹤楼也是武汉的风景名胜。诗人当时正前往江西做官，途径汉口，独自一人在江上夜泊，借景抒发离愁别绪。

秋望

黄河水绕汉宫墙，河上秋风雁几行。
客子过壕追野马，将军弢箭射天狼。
黄尘古渡迷飞挽，白月横空冷战场。
闻道朔方多勇略，只今谁是郭汾阳。

◉

这首诗描写了边塞战场的风光，是李梦阳边塞诗中的代表作。古人认为天狼星的出现意味着战争，“射天狼”便指出兵作战。“郭汾阳”指唐代的汾阳郡王郭子仪，他战功赫赫，曾平定安史之乱、大破吐蕃。诗人提及他，以表示自己对良将的期盼。

·弢（tāo）：装箭的袋子

杨慎：我大概是命运最坎坷的一位状元郎

◇◇◇◇◇◇◇◇◇◇◇◇◇◇◇◇◇◇◇◇◇◇◇◇◇◇◇◇◇◇

杨慎（1488—1559）

字用修，号升庵，是明代的学者、文学家。杨慎在音韵、诗文、艺术、地理、民俗等方面都有研究，著述有一百多种，作品考证范围很广，展现出渊博的学识，并且开辟了清代后来考据的风气。杨慎推崇汉学，反对宋明理学，反对把诗当作讲道理的工具，他认为诗歌文字不论难易都应该追求美，他在诗歌作品中力求抒发自己的“性情”。有《升庵集》《陶情乐府》等。

◇◇◇◇◇◇◇◇◇◇◇◇◇◇◇◇◇◇◇◇◇◇◇◇◇◇◇◇◇◇

诗人故事

我是被贬戍云南三十多年，至死不得还乡的罪臣杨慎。你知道为什么我会落得这么个结局吗？

我的人生开局其实挺好，父亲是大明首辅，我自己又特别聪明，十一岁就能写诗，连当时的文坛领袖李东阳都对我的诗赞叹不已。后来我考状元，入翰林，少年得志，前途无量。

可我的脾气有点儿直。大宦官张锐、于经因罪被判死刑时，有人向皇帝进言说不如让他俩用钱赎罪。我就总在皇帝面前讲儒家经典《舜典》，说圣人虽然允许用钱赎罪，但那只限于让犯了小错的平民有机会改过自新，大奸大恶之徒可不行。这种啰嗦可能让皇帝有点儿厌烦，但真正让我惹怒皇帝的，是“议大礼”这事。

皇帝不是先帝的亲生儿子。先帝无子，皇帝是经过张太后和我爹等朝廷重臣商议之后，选定的皇室旁支。皇帝登基后，想把自己的亲生父亲追封为皇帝。我和父亲觉得这事于理不合，于是和支持皇帝的人争得面红耳赤。我还召集了一批大臣跪在宫门外大哭，希望皇帝能让步。皇帝怒极，将我和带头的几人抓进了监狱，之后，我被发配到云南。路途遥远，条件艰苦，政敌们还想要趁机加害我，我一路上小心翼翼，因此身心俱疲，达到戍所后就病倒了。

不过虽然有政敌，但我家也有门生故旧，加上我因为坚持“大义”被贬，在官场民间都有不少支持者，所以很多人明里暗里地照顾我。我在云南没吃什么苦，成日游历、读书，日子还算好过。皇帝若问起我的消息，也有人帮我遮掩，说我过得很苦，病痛缠身。皇帝想着我这个讨厌的家伙过得不好，就打消了继续折磨我的念头。

只是，我始终是个罪臣，不能离开云南。三十多年，除了父亲过世时我回去奔丧，一直都没回过家乡。七十岁时去四川，也被人捉了回来。皇帝多次大赦天下，我每次都被排除在外。大概我这辈子，都不能回家乡了吧。

临江仙

滚滚长江东逝水，浪花淘尽英雄。是非成败转头空。青山依旧在，几度夕阳红。

白发渔樵江渚上，惯看秋月春风。一壶浊酒喜相逢。古今多少事，都付笑谈中。

知识卡片 那首影视金曲原来出自这里！

你有没有看过 1994 年版电视剧《三国演义》？这部电视剧的主题曲歌词，就是这阕《临江仙》。本来杨慎把它放在著作《廿一史弹词》中，作为《说秦汉》一段的开场词，后来清代毛宗岗父子很欣赏这阕词，把它放在了《三国演义》的卷首，拍电视剧时就被用作主题曲的歌词。

“滚滚长江东逝水”中，“滚滚长江”化用了唐代杜甫《登高》中的“不尽长江滚滚来”。长江的源头在西部的青藏高原，且我国地势大体西高东低，所以长江由西往东流，即东逝水。“浪花淘尽英雄”取意苏轼《念奴娇·赤壁怀古》中的“大江东去，浪淘尽，千古风流人物”。“白发渔樵江渚上”的“渔樵江渚上”是指在江边打鱼砍柴，同样是化用了苏轼《赤壁赋》中的“况吾与子渔樵于江渚之上”。全诗展现了俯视历史的气魄，抒发了对世事浮沉的感慨，极具感染力。

王世贞：明代过了一半，文坛盟主轮到我做

◇◇◇◇◇◇◇◇◇◇◇◇◇◇◇◇◇◇◇◇◇◇◇◇◇

王世贞（1526—1590）

字元美，号凤洲、弇州山人，是明代文学家、学者。王世贞延续明朝中叶“前七子”的诗文复古理论，认为写文章要向秦汉时期的作品学习，写诗要向盛唐时期的诗歌学习，而且特别讲究创作的格调。他对文坛影响很大，和提倡复古的李攀龙、谢榛、宗臣、梁有誉、徐中行、吴国伦合称“后七子”，并且和李攀龙同为“后七子”的领袖，合称“王李”。李攀龙死后，王世贞独掌文坛二十年，声望很高。王世贞还精研史学，写过很多书，诗文合计近四百卷，历史上很少有文人能创作这么多作品。现在我们还能看到其中的《弇州山人四部稿》《嘉靖以来首辅传》等。

◇◇◇◇◇◇◇◇◇◇◇◇◇◇◇◇◇◇◇◇◇◇◇◇◇

诗人故事

我叫王世贞，天生聪颖，过目不忘，二十二岁那年就中了进士，整个人意气风发，诗也写得意兴飞扬。每逢文人结社聚会，我必定站出来高谈阔论，甚至声称唐代以后的书都不值得读。如此高调，很快我就成了当时文坛的核心人物之一，我那文章要学秦汉、诗歌要学盛唐的观点也不胫而走，有了很多追随者。

可将文人的傲气带到官场上就行不通了。杨继盛和我同一年中进士，我们很亲近，他弹劾权臣严嵩，结果被严嵩关进了监牢。我不怕这位大奸臣记恨，为狱中的杨继盛送饭送药，代他的妻子写申冤的奏章，后来还出面安葬了他。结果遭到了严嵩长达数年的报复，我不断被贬官，连父亲都被他陷害入狱，哪怕我低头认错也无济于事。最终父亲在西市被处决，我悲痛欲绝却什么都做不了，只能在诗里唾骂奸臣，感伤时事。后来严嵩失势，家父沉冤得雪，我也重新出来做官。那时我的另一位同年张居正已经混得很好，他给了我不少历练和升职的机会，我的生活又变得顺风顺水起来。

随着文坛里的老一辈泰斗相继去世，我因为资历深、官职高，学问和诗作又有口皆碑，俨然成了文坛第一人，每日门前车水马龙，都是慕名来拜访求教的学子文人。可偏偏这时，我和张居正闹僵了。他几次找机会罢我的官，在他死前，我都没有机会再出仕。他死后，我重踏仕途，但是后来还有人认为，我曾多次被弹劾罢官，不该升三品大员。这账，得算在张居正头上。于是我在写《嘉靖以来首辅传》的时候，对他的评价就相对苛刻。

直到晚年，回想起这辈子的浮沉，我才觉得自己以前太过显露锋芒，不管是写作还是做人。就像诗文，前人的不一定都好，现在的东西也未必没有可取之处。可惜如今我的诗风可以变得恬淡，以前说错的话，做错的事，却没法改变了。

登太白楼

昔闻李供奉，长啸独登楼。
此地一垂顾，高名百代留。
白云海色曙，明月天门秋。
欲觅重来者，潺湲济水流。

·潺湲（chányuán）：水慢慢流动的样子

知识卡片 我会是第二个李白吗？

李白四处游历，很多地方把他饮酒赋诗之处称作“太白楼”，而这首诗中的“太白楼”指的是山东济宁的太白楼。王世贞路过济宁时，登太白楼。此时他年纪轻轻就在文坛享有盛名，又未经历仕途险恶，有着年轻人的飞扬意气和雄心壮志。所以追念先贤的同时，也流露出与李白攀比的气魄。

“昔闻李供奉”中，“李供奉”就是李白。李白曾在天宝年间被唐玄宗召入京中，封为翰林院供奉，所以称李供奉。“白云海色曙”是李白诗《鲁郡东石门送杜二甫》中“秋波落泗水，海色明徂徕”的化用。“明月天门秋”中的“天门”指泰山的东、西、南三门，这句也化用了李白《游泰山》中的“天门一长啸，万里清风来”。“欲觅重来者”的“重来者”是诗人暗暗自喻，有今日登临，可与李白比肩之意。全诗既写李白登楼，又写诗人自己登楼，怀古喻今，气概非凡。

暮秋村居即事（其三）

紫蟹黄鸡馋杀侬，醉来头脑任冬烘。
农家别有农家语，不在诗书礼乐中。

◉

王世贞晚年辞官后，过上了轻松自在的农家生活，这首诗便将他体验到的农家生活展现在我们面前。诗中的“头脑任冬烘”，是诗人在调侃自己醉酒后头脑糊涂。“诗书礼乐”指的是读书人看重的儒家经典。

忆江南

歌起处，斜日半江红。柔绿篙添梅子雨，
淡黄衫耐藕丝风。家在五湖东。

◉

这阕词中，词人刻画了江南地区梅雨时节的景物和气候。词中的“耐”意思是适宜，“五湖”指太湖。

袁宏道：我是公安派的代表，提出“性灵说”

◇◇◇◇◇◇◇◇◇◇◇◇◇◇◇◇◇◇◇◇◇◇◇◇◇

袁宏道（1568—1610）

字中郎，号六休，又号石公，是明代文学家，有作品集《袁中郎全集》等，和兄长袁宗道、弟弟袁中道合称“三袁”。袁宏道的诗歌不管写景还是状物，都尽力在笔下流露真实的想法和情感，没有故意雕琢和迎合，有一种天然清新的感觉。他根据自己的写作经验，总结出“性灵说”，认为在体现才、学之外，诗歌还要表达情感，要有感而发。过多注重诗文法度的明代“前七子”就遭到了他的批评。由于袁家三兄弟都是今天湖北公安县人，人们就把持有袁宏道这个观点的流派称为公安派。

◇◇◇◇◇◇◇◇◇◇◇◇◇◇◇◇◇◇◇◇◇◇◇◇◇

诗人故事

我叫袁宏道，出身官宦世家，诗文在当地小有名气，十六岁就结社，自封社长。别看我年纪小，社友们全听我的，只要是三十岁以下的人，都尊我一声老师。就凭这份自带的威信，我也能把官做好吧？

可是世道没给我这个机会。二十一岁参加会试，我名落孙山，为此颓废了一阵。还好我有学禅的哥哥袁宗道，和离经叛道的朋友李贽帮忙开解。终于我心境变得平和，胸襟和视野变得更加开阔。哪怕我后来考上进士却暂时没机会做官，心态也非常好，在家和朋友谈天说地，吟诗作对，日子过得相当闲适。

等到我终于当上官，才发现这真是个苦差事。虽然我也算称职，但事情又多又烦，官场的人情世故更让人头痛，做官简直比做牛做马还辛苦。于是只做了一年官，我就辞职了。还是写诗作文比较快活啊！辞官之后，我游走东南一带，访亲会友，游山玩水，每天都过得很惬意，而且增长了见识，打开了心胸。我对诗歌的见解越来越深，慢慢有了开宗立派的底气。

后来，我又到北京当官。多年的民间游历让我知道了许多官员不清楚的怪事。比如做官都要考核政绩，可做吏却不用，所以他们作起恶简直肆无忌惮。于是我上书朝廷建议对吏也定期考核，不合格的就给予惩处，算是为社会做了一件好事。

不过大部分时候，我担任的都是些相对清闲的官职，时间和精力都花在了研究诗文上，与哥哥袁宗道、弟弟袁中道，以及几位文坛名士成立了一个葡萄社，谈古论今，闲适快乐。

兄长去世后，我便请假回乡，在家乡公安城南修了个柳浪馆，或和朋友谈诗作对，或游览附近的风景名胜，过了六年才回京任职。

我原本有能力博得功名富贵，但却把一辈子都耗在了写诗论文上，也不知道值不值得。不过一个人能一生都做自己喜欢的事情，难道不是一种幸运吗？

感事

湘山晴色远微微，
尽日江头独醉归。
不见两关传露布，
尚闻三殿未垂衣。
边筹自古无中下，
朝论于今有是非。
日暮平沙秋草乱，
一双白鸟避人飞。

知识卡片 美景当前，诗人为什么还是如此郁闷？

袁宏道写这首《感事》的时候，大明正处于多事之秋，先是宁夏副总兵发动叛乱，朝廷出兵围剿；接着朝鲜被日本侵略，明朝派兵救援，到处都在打仗。

袁宏道希望朝廷大军能凯旋，可两处都打了败仗，所以说“不见两关传露布”。其中“露布”又叫露版、露板。古代打胜仗的消息会被写在帛书上，用竿子挑起来，展示给大家看，兵部把这称之为露布，诗中代指捷报。诗人没见过捷报，反而不断听到坏消息。“尚闻三殿未垂衣”中，“垂衣”是“垂衣裳之治”的简称，出自《易经》中的“黄帝尧舜垂衣裳而天下治”，指帝王无为而治。可现实却是皇帝不听忠臣贤臣之言，反而降罪给积极探讨军务的大臣，也就是“朝论于今有是非”。想想看，希望打胜仗却没有捷报，希望国泰民安皇帝又不像个明君，诗人心里怎么能不郁闷呢？

钟惺：我是竟陵派的代表

◇◇◇◇◇◇◇◇◇◇◇◇◇◇◇◇◇◇◇◇◇◇◇◇◇◇

钟惺（1574—1624）

字伯敬，号退谷、止公居士、晚知居士，是明代文学家。钟惺与公安派一样，认为诗歌要表达自己的真实感受。但是与公安派倡导的直白风格不同，他非常注意诗歌的修辞用字，甚至追求奇、偏、怪的感觉，诗作具有一种另类的美感。因为他和朋友谭元春主张相似，又都是竟陵人，所以人们把这种风格的流派叫作竟陵派。竟陵派在当时影响甚大，甚至有作者把自己写的上古史事演义托名钟惺。著有《隐秀轩集》《史怀》，以及和朋友谭元春合作编写的《古诗归》《唐诗归》等。

◇◇◇◇◇◇◇◇◇◇◇◇◇◇◇◇◇◇◇◇◇◇◇◇◇◇

诗人故事

我是诗中一只妖，钟惺。

我长得其貌不扬，身体也不好，弱不禁风。我性格孤僻，不喜欢和人打交道，总把自己关在家里看书，脑子里一堆一堆的奇怪想法。按照你们的说法，我就是个普通的宅男而已。但在当时，人们都说我怪。不过秀才不出门，全知天下事。虽然我不喜欢参加那些文人聚会，但我心系诗坛。我觉得，文人们要么被复古派拘住了，要么学公安派学得过分，言辞过于轻佻浅薄。我想，这都是因为他们书读得少了。如果他们和我一样，把花在聚会聊天上的时间拿来多看看书，读读古人那些表达了复杂情绪的深奥之作，大概就会不一样了。

我的朋友谭元春很赞同我的观点，于是我们俩翻阅大量资料，评选唐代之前的好诗编成《古诗归》，评选唐代的好诗编成《唐诗归》，希望这两本书能让大家开阔眼界，纠正现在的诗风。没想到这两本书居然风行各地，几乎到了诗人人手一本的地步。我一个宅男居然也成了名人。

人近中年，我居然考中进士，做了官，写诗也越发注重遣词用字。渐渐有人开始批评我的作品，说我喜欢用些偏门的字词、韵脚，故作姿态，文风晦涩。加上后来我潜心读史、学佛，诗文就更深奥起来，甚至有点儿高深莫测的感觉，那些人干脆就给我取了个外号叫“诗妖”，说我诗歌的风格应该叫作“鬼趣”。虽然我的诗略显晦涩，但我的散文清丽明畅，朗朗上口。不仅如此，我还写了一些读史的心得体会，记述了很多被前人忽略的重要发现呢。

只是，大家更看重我的诗，喜欢我诗的人将我奉为“深幽孤峭之宗”。看来，“诗妖”这个称号，要不胫而走了。

江行俳体(选一)

虚船也复戒偷关，枉杀西风尽日湾。
舟卧梦归醒见水，江行怨泊快看山。

弘羊半自儒生出，馁虎空传税使还。
近道计臣心转细，官钱曾未漏渔蛮。

·馁(něi)：饥饿

知识卡片 来，看看明代车船税有多凶

古代把内容是游戏笑乐的诗文称为俳谐体，简称俳体。钟惺坐船上京应试途中写了一组笔调诙谐的讽喻诗，称作“江行俳体”，你可以从中感受一下钟惺用字多么与众不同。

第一句“虚船也复戒偷关”中“虚船”指没装货物的空船，“戒”是防止，“偷关”是不交税过关，这句说的是官府连不用交税的空船也拦住查问。所有的船都要停下来慢慢等待检查，只能“江行怨泊快看山”。“快”是愉快、开心的意思，这里不是说诗人很高兴，而是在自嘲只能无奈地看风景打发时间。“弘羊半自儒生出”的“弘羊”指汉代桑弘羊，自他开始征收车船税，这里代指收税的官吏。儒家提倡少征税，藏富于民，但这些多是儒生出身的官吏却强征暴敛。“馁虎”这个典故出自《史记》，是说收税的官吏像饿虎一样，可见有多凶狠。像“虚”“快”“弘羊”“馁虎”这些字词要么不是常规用法，要么有典故，都不太容易理解，所以这首诗虽然揭露了统治者对人民的压榨，有很强的社会意义，但还是太生僻晦涩了。

钱谦益：人们称我为清诗开山宗匠

◇◇◇◇◇◇◇◇◇◇◇◇◇◇◇◇◇◇◇◇◇◇◇◇◇◇

钱谦益（1582—1664）

字受之，号牧斋，晚号蒙叟、东涧遗老，是明末清初时期的文学大家，著有《初学集》《有学集》《投笔集》等，和吴伟业、龚鼎孳合称“江左三大家”。他学识渊博，强调时代、遭遇和学问的重要性，以积极务实的态度推动明朝末年学界衰败格局的改变。他认为诗歌应博取众家之长，对明代各个诗歌流派的不足之处进行批判与弥补，并在此基础上树立清代新诗风，受其影响产生了虞山诗派。钱谦益对清代文人影响巨大，因而被称为清诗开山宗匠。

◇◇◇◇◇◇◇◇◇◇◇◇◇◇◇◇◇◇◇◇◇◇◇◇◇◇

诗人故事

我叫钱谦益，是一个很尴尬的人。

我出身经学世家，二十九岁就中进士，原以为就此青云直上，能一展胸中抱负，可才干了四个月，就因为父亲去世回家服丧。之后又卷入党争，被闲置了十年之久。好不容易官复原职，又被牵连进了舞弊案，遭到处分。我干脆告病回乡，一待又是好几年。

等重回京师任职，我已经四十三岁了。这时以魏忠贤为首的阉党和东林、复社的清流文人斗得正凶。我在文坛的名声很大，又提携了很多后进，俨然是清流的领袖，于是遭到阉党的打压，被革去官职。阉党倒台后，我的仕途依旧不顺利。等到李自成进了北京，福王朱由崧在南京成立了南明小朝廷，我放下清高的架子，向权臣马士英献媚，终于受到重用，没想到好景不长，不久清军入关，攻陷了南京。我以文班首臣身份迎降。爱妾柳如是曾劝我投水自尽，我以水太凉推脱了，还做了清朝的官，成为大众笑柄。

半年之后我就后悔了，投降成了我洗不掉的污点。整个晚年，我都在为弥补这半年的错误努力，大力资助反清义军，出钱出力支持郑成功北伐，希望他能将清军赶出山海关。然而义军一再失败，最终郑成功身死，南明永历帝也被吴三桂绞杀，反清复明的希望自此断绝。这摧毁了我的心理支柱，在伤痛和悔恨中度过了人生剩下的日子，到死前我都还在后悔，为什么当初国破时不殉节，现在死，死得太晚了。

我的尴尬在于，空有偌大名声，自诩安邦治国之才，却一直没能在政治上有所作为，几起几落，其实在任的时间加起来不过五六年。我的尴尬更在于，明清两朝，我都没能忠君到底，结果两边不讨好。忠于明朝的人，看不起我，名士顾炎武宁可蹲监狱也不肯认我为师；清廷的人，也看不惯我，乾隆皇帝就曾写诗挖苦我，把我列入《贰臣传》，讽刺我是做过明清两朝臣子的贰臣。

这份尴尬，就这么被载入史书，大概要千秋万代地传下去了。

后秋兴之十三（其二）

海角崖山一线斜，
从今也不属中华。
更无鱼腹捐躯地，
况有龙涎泛海槎。
望断关河非汉帜，
吹残日月是胡笳。
嫦娥老大无归处，
独倚银轮哭桂花。

·槎（chá）：木筏
·胡笳（hújiā）：古代的一种管乐器

知识卡片 既然喜欢杜甫，那就模仿他具有代表性的七律诗

钱谦益一直把诗圣杜甫当成自己文学创作上的老师之一。杜甫写了著名的《秋兴八首》，钱谦益也跟着写了“后秋兴”系列诗。这一首写在南明永历帝被杀之后，里面用了好多典故，来看看你都知道吗？

第一句“海角崖山一线斜”的“崖山”是南宋灭亡之地，比喻亡国。接着“更无鱼腹捐躯地”中的“鱼腹”来自《楚辞》中的故事，屈原曾说自己不愿蒙尘，宁可葬于鱼腹。可现在国土尽丧，想投水自尽却连江河都不再属于大明。“况有龙涎泛海槎”暗指崖山海战中陆秀夫背着南宋幼帝投海之事，后来宋末元初词人王沂孙写了《天香·龙涎香》，便暗寓亡国之思。那灭掉大明的是谁？“吹残日月是胡笳”中，“胡笳”是古代北方民族的一种乐器，“日月”既有天下的意味，又能合成“明”字，这句表示大明天下亡在清军手上。亡国之民怎么办呢？“嫦娥老大无归处”就是八十多岁的钱谦益拿嫦娥的故事比喻自己年老却没有故国可归依的处境，只能“独倚银轮哭桂花”。永历帝曾号桂王，和桂花的桂同字，哭桂就是哭永历帝，这叫作双关语。

顾炎武：我是学者，更是大明臣民

◇◇◇◇◇◇◇◇◇◇◇◇◇◇◇◇◇◇◇◇◇◇◇◇◇

顾炎武（1613—1682）

原名顾绛，字宁人，江苏昆山亭林人，于是又被称为亭林先生，是明清时期的思想家、学者、文学家。顾炎武学问很深，治学的理念和方法对后世影响巨大，大家都认为他是清代学术的开山之祖。他不仅钻研书本知识，而且一直认为读书就是要对社会做贡献，所以去了很多地方，考察各处风俗地理，与书上的内容进行对照，从而提出种种有实际意义的治国良策，作品《日知录》《天下郡国利病书》《音学五书》《亭林诗文集》等现在还有流传。我们熟悉的名句“天下兴亡，匹夫有责”也源自他提出的“保天下者，匹夫之贱与有责焉”呢。

◇◇◇◇◇◇◇◇◇◇◇◇◇◇◇◇◇◇◇◇◇◇◇◇◇

诗人故事

我叫顾炎武，大明的臣民。这是我最看重的身份。我是过继的孩子，寡母辛辛苦苦把我养大，从小教导我忠义之道。后来清军入关，她绝食殉国，死前还告诫我不要做别国的臣子，她才可以安眠于地下。

有这样的母亲，我怎么会去做清朝的官呢？我加入了明朝的爱国知识分子团体——复社，清军入关后又到南明朝廷任职，南京沦陷我就加入义军，许多抗清起义都有我的身影。

后来我被人陷害入狱，在狱中惨遭严刑拷打。好友归庄代我向钱谦益求助。当时钱谦益已经降清，能在清廷说上话，他说如果我认他做老师，他就能理直气壮地为我求情。归庄就帮我写了一个承认自己是钱氏门生的帖子，想救我出去。可我怎么能认一个屈节降清的人做老师呢？我连忙找人去索回那张帖子，可钱谦益不给。我只好叫人大街小巷地贴告示，告诉大家我不是钱谦益的弟子。钱谦益只能尴尬地笑我太性急了。

在亲友们的努力下我只被轻判，出狱后继续反清复明的事业，为此家里招来过匪徒，我甚至还遇到过暗杀。我干脆卖掉老家的产业，远行避祸，顺便联络各地的抗清志士。可惜后来永历帝身亡，大明复国无望。康熙帝登基后，天下慢慢有了太平盛世的模样。我不反对别人出仕清廷，为黎民苍生出力，但我过不了自己的那一关。有人邀我出山主持修撰《明史》的工作，我回复他，我要么像春秋时的介子推那样逃走流亡，要么干脆效法屈原为楚国自尽，也不去做那份工作。接着，康熙开设了博学鸿词科，招揽明朝学者修史，我再次被推荐。我接连写信给主事的人，表示要是逼我我就只能去死，才算推脱了这事。后来，清廷开设了明史馆，又来找我，我还是那个态度：宁死不去。外甥徐乾学做了清朝的大官，好心接我去养老。可我还是愿意到处走走，写写我的书，顺便躲开清廷的各式招揽。

历史不能阻挡，但一个人的身份可以选择。我叫顾炎武，大明的臣民，一辈子都是。

酬王处士九日见怀之作

是日惊秋老，相望各一涯。
离怀销浊酒，愁眼见黄花。
天地存肝胆，江山阅鬓华。
多蒙千里讯，逐客已无家。

知识卡片

一位亡国羁旅者给友人的回信

顺治年间，顾炎武正为反清复明的义军四处奔走，复国却遥遥无期。题目“酬王处士九日见怀之作”中，“九日”指九月九重阳日，正是秋意浓浓引人伤感的时节。刚好朋友王炜写了一首诗给顾炎武，激起他思念友人、感怀身世、忧心国家的种种情绪，写下了这首诗。“处士”指有才德但不愿出仕的人，王炜、顾炎武都是如此，这共同的志趣让两个朋友相隔天涯亦彼此思念。“酬”就是用诗文应答，比如第二联“离怀销浊酒，愁眼见黄花”就是诗人在回答王炜诗中的问句“满眼黄花无限酒，不知元亮可销忧”，诗人回答说自己喝酒赏菊也依旧忧愁。不过“天地存肝胆，江山阅鬓华”，诗人表示忠肝义胆与爱国之情犹存，即使鬓角有了白发也一样。最后“多蒙千里讯”，顾炎武感谢了朋友的问候，“逐客已无家”的“逐客”是诗人的自称，指无家可归的人，表达出国破家亡、乱世漂泊的悲怆。

拓展阅读

精卫

万事有不平，尔何空自苦。长将一寸身，
衔木到终古？我愿平东海，身沉心不改。
大海无平期，我心无绝时！呜呼！君不见
西山衔木众鸟多，鹊来燕去自成窠。

◉

精卫是神话中的神鸟，我们曾在介绍陶渊明的“精卫衔微木，将以填沧海”时向大家讲过。这首诗写于清顺治四年（1647 年），此时的顾炎武正在为反清复明而努力着，他在诗中写到精卫，是用精卫填海所体现的坚定不移的精神，来表达自己的志向。

古北口

雾灵山上杂花生，山下流泉入塞声。
却恨不逢张少保，碛南犹筑受降城。

◉

顾炎武为了开展抗清活动，曾到长城一带考察，这一带是历来的关防重地，诗中使用了不少相关历史典故。“古北口”是长城上的一个重要关口，雾灵山是它所在的山。“张少保”有人说是明代的军人张承荫，他曾在明代的关防建设中做出贡献；也有人说“张少保”指的是唐代的张仁愿，诗中的“受降城”就是指在他的主张下修建的三个受降城，是防御外族入侵的重要屏障。

柳如是：我是秦淮八艳之一的奇女子

◇◇◇◇◇◇◇◇◇◇◇◇◇◇◇◇◇◇◇◇◇◇◇◇◇◇

柳如是（1618—1664）

原名杨爱，又名柳隐，号河东君，又号蘼芜君，明末清初时的传奇名妓，女诗人。柳如是是个非常有魅力的人，不光长得漂亮，性格独特，还很有才华，诗写得尤其好，现在还能读到她的作品集《湖上草》《戊寅草》等。她对国家大事饱含热情，明朝亡国之后致力于反清复明运动，比当时很多投降的才子名流都更有民族气节，所以连国学大师陈寅恪都专门为她写了《柳如是别传》。

◇◇◇◇◇◇◇◇◇◇◇◇◇◇◇◇◇◇◇◇◇◇◇◇◇◇

诗人故事

南京有一条河，叫秦淮河。明末时，这里是著名的风月场所，有很多才貌双全的烟花女子。其中最出色的八个妓女，被人们称为“秦淮八艳”。我，柳如是，就是其中之一。

小时候家里穷，我被卖来卖去，跟着名妓徐佛学过艺，在大学士周道登家当过丫鬟。辗转流离的苦楚不必细说，但也耳濡目染学了一身的本事，诗词歌赋、琴棋书画，样样拿得出手。离开周家后，我就靠这些技艺在秦淮河出道，很快名噪一时。人们称我为才女，但我始终觉得这些算不得什么，我心之所系的是家国大事，我的偶像是击鼓退金兵的梁红玉。面对风雨飘摇中的大明，我只恨自己不是男儿身，不能以身报国。为了弥补这个遗憾，我经常穿着男装，和东林、复社的才子交游，抨击时弊，彼此兄弟相称。因为志趣相投，我和其中的杰出人物陈子龙还闹过一段轰轰烈烈的恋爱。

后来，我遇到了真正的灵魂伴侣，大名鼎鼎的文豪、东林魁首钱谦益。我们被彼此的才华吸引，更难得有着相同的政治抱负，虽然他大了我三十六岁，但我还是心甘情愿地嫁给他做妾。他为我修建了精致的绛云楼，给了我安稳的生活，用怕老婆的典故河东狮吼戏称我为“河东君”。我们之间有说不完的话，连洞房花烛夜，都聊着诗文，畅谈时事。神仙眷侣，也不过如此吧。

可惜，钱谦益后来的举动让我失望了。清军入关，我本想以身殉国，准备和他一起投水自尽，可他说水太冷，不肯跳，还不让我跳。过了段时间，他竟然做了清廷的官。在我的劝说下，半年后他就称病辞官。没过多久，他因为和反清志士有往来被抓进了监狱。我拖着病体到处为他奔走，还好，这事有惊无险地过去了。此后我们正式投入到反清复明的运动中，不光在金钱上资助抗清义军，还四处奔走联络，谋划着接应郑成功军队北伐。然而天不遂人愿，起义一再失败，钱谦益变得很消沉，后悔自己当初未能一死殉国，几年后郁郁而终。我所爱的国家，所爱的人，都离我而去，我也找不到独自活着的意义了。

金明池·咏寒柳

有恨寒潮，无情残照，正是萧萧南浦。更吹起、霜条孤影，还记得、旧时飞絮。况晚来、烟浪迷离，见行客、特地瘦腰如舞。总一种凄凉，十分憔悴，尚有燕台佳句。

春日酿成秋日雨。念畴昔风流，暗伤如许。纵饶有、绕堤画舫，冷落尽、水云犹故。念从前，一点春风，几隔着重帘，眉儿愁苦。待约个梅魂，黄昏月淡，与伊深怜低语。

知识卡片

一代名妓如何述说分手后的伤心？

这阕《金明池·咏寒柳》是柳如是离开恋人陈子龙后所作，题目中“咏寒柳”的“柳”也指柳如是的柳，整阕词以写柳树的形单影只述说分手后的憔悴伤怀。这阕词里像这样的双关语很多。比如“正是萧萧南浦”中的“南浦”本来出自南北朝时才子江淹的《别赋》，代指离别之地，这里也指柳如是和陈子龙居住过的南楼。“旧时飞絮”的“飞絮”就是柳絮，向来都和漂泊无定、时光飞逝的惆怅伤感联系在一起，又是柳如是的姓氏。“尚有燕台佳句”中的“燕台”，指李商隐写的《燕台四首》组诗，当时一位叫柳枝的女子曾十分赞赏这组诗，这里也指柳如是和陈子龙曾是知音相遇，诗词唱和。

陈维崧：我的词被称为“词史”

◇◇◇◇◇◇◇◇◇◇◇◇◇◇◇◇◇◇◇◇◇◇◇◇◇

陈维崧（1625—1682）

字其年，号迦陵，明末四公子之一陈贞慧之子，是清代文学家，著有《湖海楼集》。陈维崧写了很多词，现在还能看到的就有一千六百多阕，是历史上存世词作最多的一位作者。这些词的风格大多和宋代苏轼、陆游作品的风格一样，豪放旷达。在题材上，这些词不光写景抒情，还写了很多当时的民生国事，所以又被称为“词史”，是清词的高峰之一。陈维崧的家乡江苏宜兴古时被称为阳羡，所以他开创的词派叫作阳羡词派。除了词，陈维崧写的骈文也同样豪迈雄厚，不光当时没人能和他媲美，明清时的散文大家汪琬甚至认为唐代之后都没人可以和他匹敌。

◇◇◇◇◇◇◇◇◇◇◇◇◇◇◇◇◇◇◇◇◇◇◇◇◇

诗人故事

据说，后世很流行什么“二代”，那我陈维崧，应该算是个“文二代”。

我的父亲陈贞慧，是大名鼎鼎的明末四公子之一。小时候，来我家拜访他的人尽是当时的才子名流。这样的环境，耳濡目染出一个小神童，是很正常的事情。何况我真的挺聪明，十岁就能帮祖父写出《杨忠烈像赞》，遣词用句让大家赞叹不已。十七岁时，我参加了童子试，得了头名。后来再大些参加各种文人聚会，笔下千言一挥而就，和吴兆骞、彭师度一起合称为“江左三凤凰”。想来，如果明朝没亡，我的一生应该是一条康庄大道，凭着父辈的人脉和自己的才学，步步高升，仕途平坦。可是，在我二十岁那年，明朝亡了。一时间，我不知道何去何从。

当时弟弟陈宗石入赘到了明末四公子之一的侯方域家。我和弟弟的关系一直很好，于是我也跟了去，一起住在商丘。寄人篱下的日子总有各种不便，但我看得很开。有钱的时候就四处交游，兴之所至不惜千金散尽，还是当年阳羡贵公子的做派；没钱的时候，就待在家看看书，填填词，后来和好友朱彝尊还合作出版了一部《朱陈村词》，挺受欢迎。当然这种日子，多少有些不甘心。我多次参加科举，却屡试不中，以我的满腹才华，竟然无用武之地，想起来就觉得憋屈。所以我的词里边，总有种挥之不去的怀才不遇之感。

直到我五十多岁，才算拨云见日，入了翰林院，参与编撰《明史》。在翰林院的四年，日子过得很充实，大伙儿说我脾气好，为人又公道，都爱和我交往。一切都很顺心，唯一的遗憾就是怀念江南，本想回去看看，但工作太忙，请不了假。只是毕竟年纪大了，身上多病，后来不得不休息。病中的一天，我吟了句“山鸟山花是故人”，突然心头一阵轻松，觉得这一生不算圆满，但人生最后的日子能这样过，也挺好。

醉落魄·咏鹰

寒山几堵，风低削碎中原路。秋空一碧无今古。
醉袒貂裘，略记寻呼处。
男儿身手和谁赌？老来猛气还轩举。人间多少闲
狐兔？月黑沙黄，此际偏思汝！

知识卡片 与众不同的咏鹰词

陈维崧的这阕《醉落魄·咏鹰》有两个“不一样”。第一个不一样，是题材。托物咏怀是诗词的一大主题，但从宋词开始，咏物的对象总是带点儿风花雪月的小物件，而陈维崧选择了猛禽雄鹰，使词作展现出一种罕见的阳刚之美。第二个不一样，是他写的鹰在历代咏鹰作品中别具一格。下面，我们来具体看看他作品的特别之处。

上阕“醉袒貂裘”引入回忆，写鹰主人当年身着貂裘出猎，呼鹰走马，豪情无限。“醉”和“袒”，更体现出一番豪迈洒脱。下阕抒发了怀才不遇的苦闷兼言志。“人间多少闲狐兔”中的“狐兔”是雄鹰要抓捕的猎物，也代指世间的丑恶。“月黑沙黄”是狐兔能藏匿和难以抓捕的原因，也比喻社会环境的险恶。这阕词处处咏物，但又不限于写物本身。如果你去找些别的咏鹰诗词来读读就会发现，这阕词的措辞特别激烈，晚清著名文学家陈廷焯在《白雨斋词话》中称之“声色俱厉”。

拓展阅读

点绛唇·夜宿临洺驿

晴髻离离，太行山势如蝌蚪。稗花盈亩，一寸霜皮厚。赵魏燕韩，历历堪回首。悲风吼，临洺驿口，黄叶中原走。

◉

康熙七年（1668年），陈维崧到京城谋取职位，但没有得到理想的结果。这年十月，他途经临洺，晚上在驿站住宿，看到苍茫的夜景，写下了这阕词。“晴髻离离，太行山势如蝌蚪”化用宋代黄庭坚《雨中登岳阳楼望君山》中的“满川风雨独凭栏，绾结湘娥十二鬟”，用发髻来比喻起伏的山峰。

虞美人·无聊

无聊笑捻花枝说，处处鹃啼血。好花须映好楼台，休傍秦关蜀栈战场开。

倚楼极目添愁绪，更对东风语。好风休簸战旗红，早送鲥鱼如雪过江东。

◉

康熙十二年（1673年），吴三桂在云南地区发动叛乱，陈维崧的这阕词就写于战时，表达了词人对战争早日结束的期盼。词中“好花须映好楼台，休傍秦关蜀栈战场开”化用了岑参的“遥怜故园菊，应傍战场开”。

·簸（bǒ）：摇动
·鲥鱼（shíyú）：一种鱼，肉质鲜美

朱彝尊：我的代表作被称为清朝的一代“佳构”

◇◇◇◇◇◇◇◇◇◇◇◇◇◇◇◇◇◇◇◇

朱彝尊（1629—1709）

字锡鬯，号竹垞，又号金风亭长、小长芦钓鱼师，是清代著名文学家、学者，编撰了《词综》《明诗综》，著有《曝书亭集》《日下旧闻》等。朱彝尊的诗和词成就都很高，和阳羡词派的陈维崧并称“朱陈”，又和王士禛并称“南朱北王”。因为他的家乡嘉兴属于浙西一带，所以他所创立的词派被称为浙西词派。随着清朝步入盛世，清初流行的那种忧愤沉郁的诗词风格就不太符合这种社会氛围了。朱彝尊的词作风格和南宋时期姜夔的一样婉约雅致，更适合歌咏太平，所以逐渐成为社会主流，浙西词派也得到弘扬。除此之外，朱彝尊读了很多书也收藏了很多书，连康熙都赐给了他一块写着“研经博物”的匾额，用来夸奖他的学问。

◇◇◇◇◇◇◇◇◇◇◇◇◇◇◇◇◇◇◇◇

诗人故事

每次看到“书中自有黄金屋”这句话，我就会苦笑。想我朱彝尊堂堂藏书名家，从未有过什么黄金屋，倒是过了一辈子穷日子。

我也算出身显赫，曾祖父朱国祚曾是高官，可他为官清廉，家无余财。等到我出生，朱家已经拮据到遇上灾荒年就吃不上饭的地步了。好在穷虽穷，家里的藏书因历代累积，颇为丰富。可惜清军入关，家中藏书毁于战火，从此我心心念念的，就是建一所我自己的藏书楼。于是我到处抄录图书，游学考察，连荒郊野外有什么废弃的寺庙坟地，我都会去搜罗碑文，慢慢累积了一些珍贵的资料。直接买书当然快，但太费钱，我一直没有正经营生，囊中羞涩得紧，直到三十多岁才略有积蓄，在豫章书肆买了五箱子书。可不久朝廷兴起了文字狱，我买的书有不少涉及在内，只能烧掉以免招来祸患。

由于生计所迫，我游走各地打工，做过家庭教师，也做过幕僚。期间结识了很多文人朋友，顾炎武、王士禛、纳兰性德、徐乾学都和我来往甚密，阳羡词派的领头人陈维崧，还和我合作出版了《朱陈村词》。不过和陈维崧词作的奔放潇洒不同，我总喜欢用各种典故，格律特别工整，措辞更有一种学者气，让人一眼就能看出——嘿，这家伙应该读了不少书！不过我写感情又是另一个模样，婉转含蓄，深情细腻。

后来我参加朝廷举办的博学鸿词科考试，被选到翰林院去编撰《明史》，更是趁机饱览抄录皇宫的珍藏图书，俸禄也多花在了买书上。我的藏书日渐丰富，但又怎么能和皇室比呢？于是我趁在翰林院工作之便，悄悄带人进皇宫抄录图书，康熙知道后降了我的职。因抄书而被贬官，这事颇有几分风雅，大家笑我这是“美贬”。

到晚年，我终于建起了自己的藏书楼，取名曝书亭。我这一生，没能给儿孙们留下什么钱财，这曝书亭里的八万多卷书，得来殊为不易，是我一生的心血，希望他们能够珍惜吧。

桂殿秋

思往事，渡江干，
青蛾低映越山看。
共眠一舸听秋雨，
小簟轻衾各自寒。

·簟（diàn）：竹席

知识卡片 如何追思往事？

相传朱彝尊和妻子冯氏的妹妹冯寿常互有好感，冯寿常另嫁他人后芳华早逝，成为朱彝尊一生的伤痛。他写的很多有关男女之情的词，都被猜测是在追忆这段感情，比如这阕《桂殿秋》。

第一句“思往事”就被认为是朱彝尊在回忆过去和心上人一起乘船的经历。“青蛾低映越山看”中的“蛾”是女子的蛾眉。古代女子喜欢用青黛画眉，所以称青蛾；“越山”泛指浙江的山，因为江浙一带春秋时属吴国与越国，所以“越”后来也代指浙江或者浙东地区。可叹同舟共渡，最后却是“小簟轻衾各自寒”。“簟”是身下的竹席，“衾”是身上盖的被子，“小”和“轻”对应前一句“共眠一舸听秋雨”中的“秋雨”，写出“寒”。短短数语，写尽咫尺天涯的人生无奈。《蕙风词话》的作者况周颐认为这阕词是一代“佳构”，称赞它的优秀。

拓展阅读

卖花声·雨花台

衰柳白门湾，潮打城还。小长干接大长干。
歌板酒旗零落尽，剩有渔竿。
秋草六朝寒，花雨空坛。更无人处一凭阑。
燕子斜阳来又去，如此江山。

◉

南京作为数代古都，经常出现在咏古的诗词中，朱彝尊的这阕词也是以南京为舞台，写自己的思古情怀，词中的“白门”就是南京的别称。“潮打城还”化用了唐代诗人刘禹锡《石头城》的“潮打空城寂寞回”，“秋草六朝寒，花雨空坛”则化用了宋代王安石《桂枝香·金陵怀古》中的“六朝旧事随流水，但寒烟、芳草凝绿”。

出居庸关

居庸关上子规啼，饮马流泉落日低。
雨雪自飞千嶂外，榆林只隔数峰西。

◉

这首诗描写了长城的关口之一居庸关的壮阔风景，这里连接塞外，山势险要，景色苍茫。诗中“千嶂”意思是重叠如屏障的高山，宋代范仲淹的词《渔家傲》中也有“千嶂里，长烟落日孤城闭”的用法。

夏完淳：我走完了爱国抗清的短短一生

◇◇◇◇◇◇◇◇◇◇◇◇◇◇◇◇◇◇◇◇◇

夏完淳（1631—1647）

初名复，字存古，号小隐、灵首，是明末杰出文人。夏完淳自幼有神童之称，抗清起义失败后写了上万字的《大哀赋》。这篇赋详细分析了明朝灭亡的原因，抒发了国破家亡的沉痛之情，被认为可以和南北朝时期文学家庾信所作的《哀江南赋》媲美。这种亡国的悲痛我们也能在夏完淳的诗中读到，他的诗大部分都在表达复国之志、亡国之恨与哀悼英烈故人，著有诗集《南冠草》等。他还续写了父亲夏允彝所著的史书《幸存录》，取名《续幸存录》。

◇◇◇◇◇◇◇◇◇◇◇◇◇◇◇◇◇◇◇◇◇

诗人故事

他们说我夏完淳是神童，因为我六岁就会写字，八岁能赋诗，九岁作文，十二岁博览群书，洋洋洒洒数千言一挥而就，在文章中谈古论今，很有自己的见解。到了十五岁，我已经可以对军政之事侃侃而谈了。

这些都得力于我的父亲。他是江南名士，博学多才，一直很重视对我的教育，不光教我念书，还时时把我带在身边以增长见闻，哪怕远离家乡到福建任职都不例外。他还为我延请名师，著名的才子张溥、沈楫、陈子龙都做过我的老师。再加上父亲是各种文学团体活动的积极分子，所以来我家的都是当时优秀的文人，我从小听他们褒贬人物，抨击时弊，看问题想事情的角度自然不一般。

但我能够在小小年纪就成熟起来的真正原因，是我经历了国破家亡。清军入关南下，江南一带生灵涂炭，抗清义军被一一镇压。我父亲觉得复明无望，于是拒绝了清军的招揽，把尚未完成的《幸存录》交给我之后，在家人的注视下，投江自尽。那一天，我彻底长大。

安顿好家人后，我加入反抗清廷的起义，寻求复明的机会。但不幸的是，我后来还是被抓住并被押解到了南京。敌人想招揽我，说我不过是个不懂事的孩子，怎么可能参与什么起兵谋反呢，肯定是被人骗了，只要我归顺清廷，不但无罪，还给我官做。可我对此不屑一顾，说自己绝不会在清廷做官。

不降清，那等待我的是什么，我也能猜到。不过我心情很平静，在监狱里给母亲、妻子一一写信安排后事，还写了一篇《土室余论》回顾我的一生。

我的一生很短，只有十七年。但只要无愧于家国，哪怕十七年，也已经足够了。

别云间

三年羁旅客，今日又南冠。
无限河山泪，谁言天地宽？
已知泉路近，欲别故乡难。
毅魄归来日，灵旗空际看。

知识卡片 爱国青年死前写给家乡的诀别诗

古时候，松江叫作云间，这里是夏完淳的家乡。夏完淳在松江被捕后被押解到南京，深知凶多吉少，写下这首诗和家乡告别。

“三年羁旅客”中的“三年”说的是诗人自己投身抗清义军已经三年。结果却是“今日又南冠”。“南冠”这个词语出自《左传》。楚人钟仪被俘，晋侯见他戴着南方楚国的帽子，问管事的官吏：“那个戴着南冠的是什么人呀？”官吏回答说，是来自楚国的囚徒。之后南冠就成为囚犯的代称。“已知泉路近”中的“泉路”就是黄泉路，说明诗人已经有了慷慨赴死之志。最后“毅魄归来日，灵旗空际看”中，“毅魄”出自屈原的《九歌》，说自己死了也是鬼中的英雄，“灵旗”就是魂幡，用来招引亡魂。生前未能看到复国，死后希望魂魄能得到好消息。读到这里，你是不是会想起宋代陆游的“王师北定中原日，家祭无忘告乃翁”呢？不论古今，爱国的心情都是一样的啊！

王士禛：我开创了神韵诗派

◇◇◇◇◇◇◇◇◇◇◇◇◇◇◇◇◇◇◇◇◇◇◇◇◇◇

王士禛（1634—1711）

字子真，又字贻上，号阮亭、渔洋山人，是清代著名诗人。他在康熙时曾做过刑部尚书，谥号文简，著有《带经堂集》《香祖笔记》等。王士禛和朱彝尊并称“南朱北王”，主持清初诗坛数十年，他的诗歌风格和唐代王维、孟浩然的很相似，也是追求清淡高远的意境。他还喜欢在用词上下功夫，认为精炼的词句背后要有值得让人反复品味的东西。这种言有尽而意无穷的风格正是他开创的神韵诗派的宗旨。

◇◇◇◇◇◇◇◇◇◇◇◇◇◇◇◇◇◇◇◇◇◇◇◇◇◇

诗人故事

可能对其他人来说，我王士禛，就是那个别人家的孩子：成名早，人缘好，仕途通达。

我很早就会作诗，十七岁时在相当于市级考试的童子试拿了第一名，有了神童的名号。然而，十八岁参加省级考试乡试，我就落到第六名。十九岁，参加全国性考试会试甚至落第了。直到二十五岁再考，总算考中了，只是名次不够靠前，只能先去扬州做官历练。

知道了自己不是天才，我更加努力起来。判案，我会秉持公正，对诬告严加处罚，力求不冤屈了任何一个无辜之人。处事，我也懂得变通，遇上的确困难交不起税款的盐商，我为他奔走募捐，总算让国家收到了税款，他也逃过一劫，坏事变双赢。因为政绩不错，我多次升职，一直升到户部郎中。

工作虽然忙，我也不忘记努力精进诗文，渐渐形成自己的风格。加上人缘不错，康熙帝问当世谁最博学会作诗时，大家都推举了我。我仔仔细细选了三百首自己觉得不错的作品，取名《御览集》，献给皇帝，他看到这些作品，很欣赏我的才华，升了我的官。

正因为自己不是天才，我更体会到机会对一个人的重要性。很多来京城的才子前来拜会我，我都会尽量抽空接见。但凡有真才实学的，我就向文坛推荐，为他们争取机会。像蒲松龄这样才华横溢又暂时落魄的文人，我不光认真点评作品，还专门赋诗赞扬，大力向人们推荐他的《聊斋志异》。因为经常提携后进，广结人脉，我的声望更高了，被人视作钱谦益之后的文人领袖。其实也有人看出了我不是天才，比如袁枚就评价我的诗像个中等姿色的女子，靠化妆冒充国色天香；后世学者钱钟书也说我天赋不厚，只是善于掩饰自己的不足而已。他们没说错，我不是天才，但幸运的是，这个世界不只属于天才！

题秋江独钓图

一蓑一笠一扁舟，一丈丝纶一寸钩。
一曲高歌一樽酒，一人独钓一江秋。

知 识 卡 片 用九个“一”怎么写一首诗？

古代文人吟诗作对是为了增加趣味，同时比比大家谁更有才华和巧思，常常做出一些特别的规定，比如一字诗，就是要求诗中多次重复使用“一”字。王士禛这首《题秋江独钓图》是一字诗的代表作，后世有很多模仿者，比如乾隆年间，就有文学家陈沆用同样的韵脚，写了“一帆一桨一渔舟，一个渔翁一钓钩，一俯一仰一场笑，一江明月一江秋”。也有的诗词只是在其中的一句反复使用最简单的字“一”，勾勒丰富的意象，同时展现出一种独特的声韵之美。比如唐代李白写喝酒的诗《山中与幽人对酌》中，就有“一杯一杯复一杯”，纳兰性德也写过“一生一代一双人”。大家不妨试试，看看自己能用很多个“一”字写点什么呢？

秦淮杂诗（其一）

年来肠断秣陵舟，梦绕秦淮水上楼。
十日雨丝风片里，浓春烟景似残秋。

◉

1661 年，王士禛住在南京的朋友家中，听朋友讲述明代灭亡之前秦淮河畔的盛景，而现在繁华的景象已经不复存在，于是诗人写下了《秦淮杂诗》组诗，在诗中吊古伤今。这首诗便是其中之一。

• 秣（mò）陵：古县名，约为今南京

真州绝句（其四）

江干多是钓人居，柳陌菱塘一带疏。
好是日斜风定后，半江红树卖鲈鱼。

◉

《真州绝句》是一组描写真州（今江苏仪征）风光的小诗，一共五首，这里为大家选了其中的一首。真州位于长江北岸，这首诗便描写了长江岸边的风光。

纳兰性德：我是清代第一婉约词人

◇◇◇◇◇◇◇◇◇◇◇◇◇◇◇◇◇◇◇◇◇◇◇◇◇◇

纳兰性德（1655—1685）

原名成德，字容若，号楞伽山人，是清代著名词人，作品收入《通志堂集》《纳兰词》中。纳兰性德是康熙年间权臣、大学士纳兰明珠的长子，年纪轻轻就做了一等侍卫，还和徐乾学编刻有《通志堂经解》，是个文武双全的出色青年。但是他心思细腻，情路坎坷，所以写的词并不像一般年轻人那样慷慨激昂，反而很有宋代李清照、南唐李煜的婉约之风，有一种缠绵忧伤的独特意境。王国维在《人间词话》中夸他"以自然之眼观物，以自然之舌言情"，《蕙风词话》的作者况周颐更称他"天分绝高"，认为他是"国初第一词人"。

◇◇◇◇◇◇◇◇◇◇◇◇◇◇◇◇◇◇◇◇◇◇◇◇◇◇

诗人故事

比起我的名字纳兰性德，很多人更喜欢称我的字，容若。因为容若两个字似乎更美，更衬得起世人对一位浊世佳公子的想象。我含着银钥匙出生在富贵之家，从小享有世间最美好的一切。

二十二岁时，我成了御前侍卫，深受康熙爱重，多次伴驾出巡，还出使过塞外。我的才华也是世人皆知，年纪轻轻词曲就得享盛名，我的《饮水词》几乎有家家传唱的盛况。身边的朋友也是当世第一流的人物，那些不屑世俗、以布衣傲王侯的才子，甚至陈维崧、朱彝尊、顾贞观这样的成名前辈，都真心诚意地和我这个少年公子哥儿结交。因为我所填的词突出一个情字，于是人们在我出身显赫、文武双全、少年得志等人生"标签"之上，又加了"多情""深情""痴情"这样的符号，我好像完美得似那些才子佳人戏文中的主角。可这样的我，并不快乐。谁家少年儿郎不是热血满腔，想要做一番大事呢？我也想，但我不能。纳兰家不能出两代重臣，御前侍卫就是最适合我的位置，光彩，但没有实权。我不喜欢官场中的尔虞我诈，不喜欢世俗人情中的阿谀逢迎，在皇帝身边的日子，每一天都是无聊和煎熬。

幸运的是，我娶了卢氏为妻。她性格温婉，知书达理，最重要的是，她懂我。婚后的日子很快乐，只是我时常需要陪伴康熙帝出巡，所以两人不能厮守在一块，为此我写了很多寄托相思之情的诗词。奈何情深不寿，仅仅三年，卢氏就因难产去世。续娶的妻子官氏不是不好，可我对卢氏念念不忘，你们读到的那些我写的悼亡词，都是对她刻骨铭心的思念。后来，我遇到了江南才女沈宛。志趣相投的我们渐渐走近，她成了照亮我暗淡生命中的一道亮色。然而多年繁重的公务和苦闷的心情，已经耗空了我的身体，很难拉着她的手再走多久了。

老天给了我许多，却又夺走了许多。世人都以为我拥有一切，可这背后的沉重，又有多少人懂得呢？

木兰花令·拟古决绝词

人生若只如初见，何事秋风悲画扇。等闲变却故人心，却道故人心易变。
骊山语罢清宵半，泪雨霖铃终不怨。何如薄幸锦衣郎，比翼连枝当日愿。

知识卡片 唐明皇与杨玉环爱情故事的再次演绎

你知道唐明皇和杨玉环的故事吗?唐明皇很宠爱杨玉环，后来却为了自身安危和江山稳固赐死了爱人。情郎变心这种事，汉代才女班婕妤也遇见过。班婕妤是汉成帝的妃子，受人陷害，退居冷宫，她认为自己就像秋日天气渐凉而被抛到一边的扇子一样可悲，这就是第二句“何事秋风悲画扇”背后的典故。不过唐代白居易则认为唐明皇只是身不由己，于是写下著名的《长恨歌》来讲述他心中的唐杨之恋，其中用“七月七日长生殿，夜半无人私语时”描写了两人恩爱的场景，纳兰性德化用为“骊山语罢清宵半”。“骊山”是唐代长安华清宫长生殿所在地，“语罢清宵半”对应半夜私语。“泪雨霖铃终不怨”说的是，杨玉环在最后诀别时并没有怨恨之情。相传杨玉环死后唐明皇在夜雨中听到铃声，于是将铃声用在《雨霖铃》曲中纪念杨玉环。最后两句中，“何如薄幸锦衣郎”的“锦衣郎”就是唐明皇，“比翼连枝当日愿”中的“比翼连枝”则是《长恨歌》中名句“在天愿作比翼鸟，在地愿为连理枝”的化用。这是作者用女子的语气在说唐明皇虽然薄情，和杨玉环也有过真心相对的时光，而自己的情郎却连唐明皇都不如呢。

长相思

山一程，水一程。
身向榆关那畔行，
夜深千帐灯。

风一更，雪一更。
聒碎乡心梦不成，
故园无此声。

知识卡片

最大气磅礴的边塞词竟然是婉约词人写的？

纳兰性德不光会写“情”，写边塞词也是一绝，晚清词人蔡嵩云曾夸纳兰性德写塞外那种荒寒的景色写得尤其好，不信你读读这阕《长相思》。这阕词写于1682年，当时康熙平定云南后出关祭拜祖陵，身为侍卫的纳兰性德当然一路随行，见识了不少边塞风景。“身向榆关那畔行”的“榆关”指山海关，在今天河北省秦皇岛一带，“那畔”就是那边，这句词指明是在往北方那边走。下阕“风一更，雪一更”的“更”是古代计量时间的单位，一更大约等于两小时，一晚上有五更，这里是虚指晚上的风雪一阵又一阵。这样的夜晚是怎样的景色？又回到上阕的“夜深千帐灯”。这句词意境很高，王国维在《人间词话》中列举了很多意境很是大气磅礴的诗句，比如王维《使至塞上》中的“长河落日圆”，但历代那么多词，他却认为只有这句“夜深千帐灯”以及《如梦令》中“万帐穹庐人醉，星影摇摇欲坠”的气魄可以和那些诗句媲美。

采桑子

明月多情应笑我，笑我如今，辜负春心，独自闲行独自吟。

近来怕说当时事，结遍兰襟，月浅灯深，梦里云归何处寻？

知识卡片 你猜，清代第一婉约词人最喜欢的词人是谁？

你知道纳兰性德最喜欢的词人是谁吗？很有可能是宋代婉约词人晏几道，因为纳兰性德经常在自己的作品里化用晏几道的句子。你看这阕《采桑子》，“笑我如今”是化用了晏几道《采桑子》中的“莺花见尽当时事，应笑如今。一寸愁心”。后面“结遍兰襟”的“兰襟”指芬芳的衣襟，《易·系辞上》上说“二人同心，其利断金；同心之言，其臭如兰”，所以兰襟也指知心朋友。晏几道也在自己的作品《采桑子》中写道“别来长记西楼事，结遍兰襟”，如出一辙。接下来的“月浅灯深”也是出自晏几道《清平乐》中的“犹恨那回庭院，依前月浅灯深”。短短一阕词就有三处出自晏几道的作品，可见纳兰性德受他的影响之深。也正因为这阕词用了很多晏几道写情作品中的词句，所以有的学者认为这阕词应该是写情而不是单纯地怀念朋友，兰襟也不是泛指好友，而是特指红颜知己沈宛。

浣溪沙

身向云山那畔行，北风吹断马嘶声，深秋远塞若为情。

一抹晚烟荒戍垒，半竿斜日旧关城，古今幽恨几时平。

知 识 卡 片 弥补边塞词空白的佳作

1682 年春天，纳兰性德以侍卫身份跟随康熙出巡，下半年又受命出使边塞侦察敌情，途中写下这阕《浣溪沙》。“身向云山那畔行”中的“云山”不是具体的地名，而是泛指高耸入云之山。“深秋远塞若为情”中“若”是“怎”的意思，“若为情”是怎样的情怀之意。还记得纳兰性德很喜欢化用晏几道的作品吗？晏几道的《南乡子》中“柳外行人回首处，迢迢。若比银河路更遥”里的“若”，和这阕《浣溪沙》的“若”也是同样的意思呢。接下来“一抹晚烟荒戍垒”，“戍”是守卫的意思，“戍垒”就是营垒。宋代词人因为较少有机会见到塞北风光，所以宋词中很少有边塞题材。学者张草纫在《纳兰词笺注》的前言中称，纳兰性德这一系列写边塞的词“写得精劲深雄，可以说是填补了词作品上的一个空白点”。

浣溪沙

谁念西风独自凉，
萧萧黄叶闭疏窗，
沉思往事立残阳。

被酒莫惊春睡重，
赌书消得泼茶香，
当时只道是寻常。

知 识 卡 片 悼亡词中的精品之作

什么是悼亡诗？它是古代诗歌的一种常见题材，通常是丈夫用来悼念过世的妻子的，有很多感情真挚的佳作。妻子卢氏难产去世后，纳兰性德也写了大量的悼亡词作，这阕《浣溪沙》就是其中之一。

“萧萧黄叶闭疏窗”的“疏窗”是雕有花纹的窗户。下阕中“被酒莫惊春睡重”的“被酒”指醉酒。接下来的一句“赌书消得泼茶香”用了宋代李清照和赵明诚夫妇的典故。李清照在《金石录后序》中写道，自己和赵明诚志趣相投，婚后常常想出些有趣又风雅的游戏，赌书就是比试看谁记性好，能记住某个内容在哪本书哪一页，记忆无误的胜利者就可以喝茶庆祝，但因为得意大笑可能会不小心把茶泼洒到衣服上。这里纳兰性德用李赵二人的恩爱比喻自己和亡妻卢氏曾经的幸福生活，表达了深深的怀念之情。

郑燮：我乃扬州八怪之一，号称诗书画三绝

◇◇◇◇◇◇◇◇◇◇◇◇◇◇◇◇◇◇◇◇◇◇◇◇◇

郑燮（1693—1766）

字克柔，号板桥，是清代书画家与文学家，号称诗书画三绝，著有《板桥集》。郑燮是个关心百姓生活的人，做山东潍县县令的时候勤政爱民，写诗的时候也经常描写百姓生活的苦难，抨击社会的黑暗。除了写诗，他还擅长书法，把篆隶行楷各种字体的特色结合起来，独创了“六分半书”。他不仅讲究书法和绘画的结合，更创造出一种新奇的画风，于是大家把他和当时几位活跃在扬州画坛的新派画家合称为“扬州八怪”。现在我们还能看到他画的《华峰三祝图》《兰石图》《竹石图》等，以及书法作品《书唐卢延让七绝（苦吟）轴》等。

◇◇◇◇◇◇◇◇◇◇◇◇◇◇◇◇◇◇◇◇◇◇◇◇◇

诗人故事

据说一个人的外号比他的名字更能说明他的性格，这一点我深表同意。我叫郑燮，燮是调和的意思，但我和这个世界相处得并不融洽，所以属于“扬州八怪”倒是名副其实。

我出身书香世家，但家道中落，小时候家里很穷。按说，我应该专心科考，以求光耀门楣。可我从来就讨厌八股文那一套，只喜欢读史，研究诗词歌赋，那些正经读书人看不起的传奇话本，我偏偏读得废寝忘食。写字画画，我也不肯依循常理，样样都要和别人不一样。不过还真让我闯出了名堂，人们很是喜欢我独创的书画风格。世人总觉得文人要清高，不该谈钱。可我明码实价地卖画，大幅六两，中幅四两，小幅二两，还明确告诉大家送礼不如给钱。靠着这一副“厚脸皮”和浑身的“铜臭味”，我在扬州卖画为生，日子也还过得下去。

后来，我到山东当官，又做了些不依常理的事情。比如，有年轻和尚与尼姑私通，大家都说有伤风化。可我看他们年貌相当，干脆命他们还俗结为夫妇。有人说我不正经，其实我工作起来是很认真的，公务处理从不拖延，经手的案件没有一个有冤情。山东闹饥荒，我立刻开仓放粮，坚决不肯因为等上级批复而耽误赈灾的时机，说有责任我来担。最后的结果也证明我的选择是正确的，因为没有拖延，这次饥荒少死了很多人。

但这个性格在官场混不开，于是我干脆辞官回乡去了。离开山东的时候，老百姓都来送我，他们觉得我是个好官，不在乎我是个怪人。回到扬州后，我继续卖画生涯。年纪越大，越看得开，越懒得顾忌世俗礼仪，想说什么就说什么。画画也是，兴致来了随手就画，随便送人，我看不惯那些附庸风雅的家伙，他们来求画，不管谁的面子我都不给，统统拒绝。偏偏越是这样，我的名声越大，追捧的人越多。有时候我也不知道，是我怪呢，还是这个世界更怪呢？

竹石

咬定青山不放松，
立根原在破岩中。
千磨万击还坚劲，
任尔东西南北风。

知识卡片

我写的竹子和你们的不一样

明代书商黄凤池专门出版画谱，其中有一本画的是梅兰菊竹，名士陈继儒题名为“四君”，之后人们就称这四种植物为“四君子”，认为它们象征着君子的美好品质。郑燮尤其喜欢“四君子”中的兰、竹，自诩“四时不谢之兰，百节长青之竹，万古不败之石，千秋不变之人”。他这首《竹石》，写的是竹子少有人提及的坚劲精神。可见郑燮喜欢求新求变，不管是书法还是画画，哪怕是一首诗，都不愿落入前人俗套。这也是他能成为一代大家的原因之一吧。

袁枚：我推崇性灵说

袁枚（1716—1798）

字子才，号简斋、随园老人，是清代著名文学家，与赵翼、蒋士铨并称“乾隆三大家”。袁枚受公安派不以格式限制自身感情抒发的观点影响，发展了性灵说，认为诗歌的第一要素就是抒写性情，所以他的作品大多抒发闲情逸致，少数讥讽了程朱理学的虚伪之处。他其他类型的作品也很出名，比如专门记录鬼神怪异之事的《子不语》，对清代影响重大的诗歌理论集《随园诗话》，笔记《随园随笔》等。

诗人故事

我叫袁枚，家住随园。随是随心所欲的随，也是我一辈子都在追求的那个“随”。

年轻的时候，我并不能随心所欲。我读书考试成绩都不错，被不少达官贵人欣赏提携，有机会去知名学府念书，二十多岁就当了江南县令。可这光鲜的人生，每一步都是依着别人的期待在走，我并不喜欢。尤其是当官后，明里规矩多，暗里规矩更多，简直叫人难以忍受。要知道，连写诗我都不喜欢严格拘守声律，兴之所至想说什么就说什么，怎么受得了这些约束？于是我在三十三岁的时候，放弃了世人眼里的大好前程，辞官回家，打理我准备度过下半生的地方——随园。我花了很多心思，因地制宜，重建景观，培植花木，还修建了好多住所，总算让它有个样子了。

我很得意这一成果，于是写了《随园记》，又写了《随园后记》，最后忍不住还写了《随园三记》，后来干脆什么都冠以随园的名字，写的诗叫作《随园杂兴》，谈诗的文章叫作《随园诗话》，连吃东西，都把心得体会写成一本《随园食单》。没想到这个随园系列图书居然卖得很好，连琉球都有人慕名来买。

虽然名气越来越大，可我还是我，写诗从来不谈什么大道理，只写我看到的、想到的，哪怕是生活中最普通的小事，我觉得有意思都可以写进去。只要一个人聪明有趣，想到的东西自然新颖好玩，写出来的诗自然也是好诗。但很多人不理解，说我离经叛道。我不服气，并把他们驳了个痛快。

之后，我索性把个性进行到底，写了本《子不语》，大谈鬼神怪诞之事，把孔子教导儒门弟子敬鬼神而远之的话当作耳边风。世人对我颇多议论，可这样随心所欲的人生才有趣味，不是吗？

苔

白日不到处，青春恰自来。
苔花如米小，亦学牡丹开。

知识卡片 文科生犯的理科错误

袁枚注意到，阴暗潮湿处的苔藓上，会开出一些星星点点的“苔花”，特意写了这首诗《苔》来称赞这种“小花”的品质。

“白日不到处”的“白日”就是太阳、阳光，唐代王之涣《登鹳雀楼》“白日依山尽，黄河入海流”中也用白日代指太阳。“青春恰自来”中的“青春”和现在的意思不一样，不是指年轻的时候，而是指茂盛植物焕发的青青颜色，因为多在春天出现，所以叫作“青春”。

袁枚没学过现代生物知识，不知道苔藓不是靠种子来繁衍后代的，所以并不会开花，也不会结果。诗人所看到的那些像米粒一样的“苔花”，只是长得像花，但并不是花。苔藓就是靠它们来繁衍下一代的。所以这首诗虽然清新小巧，很有灵性，内容上却犯了一个美丽的错误。

拓展阅读

所见

牧童骑黄牛，歌声振林樾。
意欲捕鸣蝉，忽然闭口立。

◉

袁枚在路上遇到一名骑黄牛的牧童，把小牧童做的趣事描绘在诗中。诗中的“林樾”指树荫。牧童停止高歌，是因为想捉住蝉而害怕惊走它。

·樾（yuè）：路边成荫的树

马嵬（其四）

莫唱当年长恨歌，人间亦自有银河。
石壕村里夫妻别，泪比长生殿上多。

◉

这首诗中有多处与唐玄宗和杨贵妃相关的典故：马嵬是安史之乱中唐玄宗处死杨贵妃的地方，《长恨歌》是唐代诗人白居易感叹于二人的爱情悲剧所写的长诗，长生殿是他们立下恩爱誓言的宫殿。诗中的“石壕村”则出自杜甫的《石壕吏》。诗人从宫廷转向民间，认为民间有更多夫妻生死离别的悲剧，值得人们关注和同情。

张惠言：我是开创常州词派的好学者

◇◇◇◇◇◇◇◇◇◇◇◇◇◇◇◇◇◇◇◇◇◇◇◇◇

张惠言（1761—1802）

又名一鸣，字皋文，一作皋闻，号茗柯，是清代著名学者与文学家，著有《茗柯文编》和《茗柯词》。他治学严谨，精通《周易》《仪礼》，是当时的经学大家。他写文章行文简洁，与恽敬同为阳湖文派领袖，也是“阳湖三家”之一。他创作的词不多，但是创作态度很严肃，强调要重视词的内容，还与兄弟张琦合编了《词选》来阐述自己的词学见解。因为他是江苏常州人，所以人们把他开创的词派叫作常州词派，这个词派与当时词坛上浙西词派末流的轻浮风气相对抗。

◇◇◇◇◇◇◇◇◇◇◇◇◇◇◇◇◇◇◇◇◇◇◇◇◇

诗人故事

我叫张惠言，你也可以叫我张老师，因为我从十四岁就开始做老师了，是不折不扣的资深从业人士。我父亲过世早，母亲独自带着三个孩子过活，日子的困苦可想而知，有时候要靠跟人借钱才买得起粮食。在这种压力下，我学习异常刻苦，十四岁那年就考上了童生，有了在乡里教书的资格，总算可以贴补些家用，也有更多余力研究我喜欢的经史。后来在大学士朱珪的推荐下进了翰林院，生活才算安定下来。

身边爱舞文弄墨的人不少，可我其实挺看不上那些公子哥儿们吃饱喝足后，闲得没事写出的一些词作。措辞浓艳，靡靡之音，乍一看还能唬唬人，实际上却是在无病呻吟。而我从小的学习条件来之不易，创作对我来说是件很珍贵，很严肃，甚至很崇高的事。我写词，从来都是认认真真，每一句都仔细打磨，要求自己做到有感而发，言之有物。我觉得，写这样的作品，才不算愧对词学，才没有辜负自己。当然也因为这样，我的名气虽然大，作品却并不多，有点惜墨如金的感觉。反倒是聊起对词的看法时滔滔不绝，还专门与兄弟张琦合编了一本《词选》来点评唐宋时的作品，希望大家能理解我的想法，重视词的内容，改变一下当时词坛华而不实的风气。

错的就该纠正，对的就该坚持，不是吗？这个态度也是我做人的态度。大学士朱珪对我有知遇之恩，可因为看法不同，我和他争辩过好几次。他觉得要以仁德治世，我觉得天下太平一百多年，不免有些弊病在安逸中滋生，应该严刑峻法；他认为对犯错的大臣要宽容，我却认为对庸碌之辈宽容并无益处。据说西方世界有句名言：吾爱吾师，吾更爱真理。大概就是这样的吧。可惜，我位卑言轻，提出的意见总是没什么人重视。不管是提议不要磨掉前代皇帝玉印上的字，而应重新选玉雕刻尊号，还是建议出差住驿站不要另外申请经费，明明这两件事主管的大臣都赞同，但没人真的去申报执行。唉，大家都这样敷衍了事，这大清还能好吗？

相见欢

年年负却花期，过春时。只合安排愁绪送春归。

梅花雪，梨花月，总相思。自是春来不觉去偏知。

知 识 卡 片 看名家如何写后悔之情

你是不是有过这种经历？拥有的时候没怎么特别在意，可是等到失去的时候，却感到恋恋不舍，心中满是后悔惆怅。张惠言的这阕《相见欢》，就是写他期盼春天，却一再错过春天的感觉。“年年负却花期”的“负”是辜负的意思。错过了春天，“只合安排愁绪送春归”，和晏几道的“无可奈何花落去”所表达的情感有异曲同工之妙。接下来“梅花雪”是冬天的景色，“梨花月”是春天的景色，这里写出了从冬到春的时间推移。张惠言在《词选》的序言中表示写词应有感而发，但不能太直白，要含蓄一点，用写其他事物来委婉地表达自己的心情和思考。这阕词就很符合这一观点，贴近生活，但又从生活小事里表露出更多的东西，特别自然，难怪清代词论家谭献在《箧中词》里称赞它“信手拈来”。

林则徐：我组织禁烟，也是爱国诗人

◇◇◇◇◇◇◇◇◇◇◇◇◇◇◇◇◇◇◇◇◇◇◇◇◇

林则徐（1785—1850）

字元抚，一字少穆，号石麟，晚年号竢村老人，是清代政治家、民族英雄和诗人，著有《云左山房诗钞》《林文忠公政书》等。我们最熟悉的，应该是林则徐领导了禁烟运动。其实，林则徐还做了很多对民生有利的实事，比如水利、盐政、边防等，是难得的好官、能臣。而且他目光远大，主张学习西方的先进科技文化，还主持翻译外国报刊，组织编译了《四洲志》，可以说是近代中国开眼看世界的第一人。这样一个心怀家国的人，作品也饱含着忧国爱民的情怀，体现出鞠躬尽瘁、死而后已的精神，那些苍凉雄浑的文字别有一种打动人心的魅力。

◇◇◇◇◇◇◇◇◇◇◇◇◇◇◇◇◇◇◇◇◇◇◇◇◇

诗人故事

我就是禁烟的那个林则徐。其实我想做的事情很多，不止查禁鸦片。

我四岁开始读书，十四岁考中秀才，去了鳌峰书院。院长郑光策是位好老师，不光注重学以致用，还极有气节，对我影响很大。二十岁我中了举人后，到好几位官员身边做辅助工作，渐渐熟悉了民生政事。这段经历让我渐渐明白，想实现为国为民做一点儿事的志向，要学的还很多。于是我潜心研究天文地理及经世之学，也在多个职位上历练，和书本所学相互参看。三十六岁那年，我被派到浙江做官。仅一年，就把当地的水利工作做得很好。接着到浙江治理盐政，成效非凡。之后又到江苏做官，因为救灾得当，不仅挽救了灾民，还避免了一次暴动。后来我还做过总督、巡抚等一方大员，所到之处都政绩斐然，百姓都以我在当地做父母官为荣。但我的心中，我的笔下，依然有着数不尽的忧国忧民之思。

接下来，鸦片问题爆发了，我倾注心力与鸦片及其背后的黑手做斗争。英国政府操控烟贩，把鸦片源源不断地输入中国，不光造成大量白银外流，还严重损伤了百姓的身心健康，社会也因此变得动荡不安。我作为钦差大臣来到问题最严重的广东，展开了轰轰烈烈的禁烟运动，主持虎门销烟，以雷霆之势取得了辉煌的成果。我又为国家人民做了一点儿事情。

然而我力主禁烟断了一些人的财路，皇帝对我的器重又阻了一些人的仕途，加上一些国家败类和敌人沆瀣一气，使皇帝从坚决禁烟变得摇摆不定，我被革职发往伊犁戍边。在伊犁我也干了不少实事，闲来和朋友写了许多诗赠答酬唱，心中的郁闷略略消解。后来我又被召回重任高官。那时候，外有英国、俄国虎视眈眈，内有太平天国起义兴起，朝廷内斗严重。民政、矿务、海防、内乱……我真的很想再多做一些事情，可我已经年老多病，还能撑多久呢？

·戍卒（shù zú）：戍守边疆的士兵

赴戍登程口占示家人

力微任重久神疲，再竭衰庸定不支。
苟利国家生死以，岂因祸福避趋之？
谪居正是君恩厚，养拙刚于戍卒宜。
戏与山妻谈故事，试吟断送老头皮。

知识卡片 离别在即，诗人如何冲淡辞行时的哀伤？

林则徐被贬至伊犁戍边，临行前以诗言志，写下了这首《赴戍登程口占示家人》。

"再竭衰庸定不支"中，"再竭衰"化用了《左传》中"一鼓作气，再而衰，三而竭"三句，指疲劳至极。第二联是写报效国家之精神的名句。春秋时郑国大夫子产因改革而遭诽谤时，说"苟利社稷，死生以之"，这里化用为"苟利国家生死以"。可不管怎么解释安慰，家人还是难过，怎么办呢？诗人想了个办法。"戏与山妻谈故事，试吟断送老头皮"中，"老头皮"就是老头儿，指诗人自己。据《东坡志林》记载，宋真宗听说杨朴很会写诗，于是召他入宫，问他来的时候有没有人为他写诗送行？杨朴说我妻子写了"今日捉将官里去，这回断送老头皮"。苏东坡赴诏狱前，问妻子能不能像杨朴之妻那样写首送别老头儿的诗，逗笑了哭泣的妻子。诗人引用这个典故，希望也能逗笑家人，冲淡临别的悲伤。

龚自珍：我是晚清文坛的一面旗帜

◇◇◇◇◇◇◇◇◇◇◇◇◇◇◇◇◇◇◇◇◇◇◇◇◇◇◇◇◇◇

龚自珍（1792—1841）

又名巩祚，字璱人，号定庵，是清代著名学者和文学家，作品多收录在《定庵文集》中，后人编有《龚自珍全集》。龚自珍博学多才，富有爱国热情，关心国计民生，认为要把学到的东西用起来，所以积极为国家出谋划策，后来还大力拥护林则徐禁烟，呼吁改革，在当时具有非常先进的思想，对后世影响巨大。他的大多数诗文也以社会政治为题材，既有唐诗的浓郁诗情，又融入了宋诗长于议论的特点，形成独具特色的“龚派”，引领了晚清现实主义诗风。他的词作不拘声律，直率真切地抒情，开创了经世派作家的新词风。

◇◇◇◇◇◇◇◇◇◇◇◇◇◇◇◇◇◇◇◇◇◇◇◇◇◇◇◇◇◇

诗人故事

狂人龚自珍来也！狂，是我的特点，但也有人说是我的缺点，连后世史书中都说我就是因为“狂”而吃亏，导致仕途不顺。

可是我就是有狂的资本！我十二岁跟随我的外公——经学大家段玉裁学习音韵训诂，十四岁开始研究古今官制，读过的书垒起来有我个子高，连外公都说我能继承他的衣钵。我当然得意啊，自恃见识过人，用诗作抨击时弊，犀利的言语在年轻人中风行一时。我还特别喜欢和人辩论，引经据典，滔滔不绝。可是我没想到，大清已经太平很久，大家过惯了好日子，也听惯了对盛世的赞誉之声，我这种脾气只会引人侧目。我写的那些反映社会现实的诗歌，正是他们不想听的警世钟。

我明明满腹才学，编书修史的成果比谁都多，就因为字写得差了点，二十七岁才中举，考了五次会试都落第，三十八岁考第六次会试时才勉强进了三甲，但入不得翰林。偏偏我叔叔还和新入翰林院的人说，只要字写得好，不管文章内容如何，都能轻轻松松取得功名。这就是翰林学问？气得我叫全家老小一起练书法，每次谈及翰林院，都忍不住气愤地说，如果按照这种量才标准，我家上上下下的女子都能入翰林院。此外，我那些揭露社会黑暗的诗招了一些人记恨，诗里面那种舍我其谁的狂气又让一些人嫉妒，一些同僚视我为眼中钉肉中刺，时不时给我下个绊子，打压排挤一下。朝廷呢？重视的也是些粉饰太平的表面功夫，而不是安邦治世的真才实学。我的许多直指时弊的建议都没有被采纳。

我一气之下辞官回江南教书去了。那时候，我的好朋友林则徐正作为钦差大臣在广州禁烟。我写了很多信给他，建议严惩烟贩子、多储备火器、修整军器，尤其是要注意边防，千万不可向英国妥协，等等。我总觉得，这天下，可能要乱了。

己亥杂诗（其五）

浩荡离愁白日斜，吟鞭东指即天涯。
落红不是无情物，化作春泥更护花。

知识卡片 行万里路，能写多少首诗？

出门旅游一次，你会写多少篇作文来记叙自己的见闻呢？你猜龚自珍写了多少呢？1839年春，他仕途失意后辞官离京，南下途中足足写了315首七言绝句，合为《己亥杂诗》大型组诗，里边有对几十年来宦海浮沉的回顾，也有对治学著书的思考总结，还有对一路行来社会民生的见闻感慨，其规模之大、内容之丰，在整个中国诗歌史上都很罕见。组诗标题中的“己亥”是以天干地支计算的年份，也就是道光十九年（1839年）。

“落红不是无情物，化作春泥更护花”中，“落红”是凋谢的花，此处诗人用落花暗喻自己辞官离京，后半句的“花”则指朝廷国家。这两句化用了陆游《卜算子·咏梅》中的“零落成泥碾作尘，只有香如故”，但与陆游的词相比，境界从个人修养上升到爱国抱负，更胜一筹。

己亥杂诗（其一二五）

九州生气恃风雷，万马齐喑究可哀。
我劝天公重抖擞，不拘一格降人材。

◉

这首诗中有两个成语。“万马齐喑”指人民不敢自由讲话，用来形容沉闷的政治局面；“不拘一格”指不局限于固定的规格。诗人在一个万马齐喑的局面下，表达了自己对人才的渴望。

浪淘沙·书愿

云外起朱楼，缥缈清幽。笛声叫破五湖秋。
整我图书三万轴，同上兰舟。

镜槛与香篝，雅淡温柔。替侬好好上帘钩。
湖水湖风凉不管，看汝梳头。

◉

在这首词中，龚自珍表达了自己的愿望：远离世俗的纷杂，去过飘逸潇洒的生活。词中的“五湖”，有人说指太湖，有人说只是泛指。但研究者一致认为，词中暗藏着春秋时范蠡的典故，他在帮助越王勾践打败吴国后，急流勇退，和西施一起隐居，游于五湖，不问政事。

谭嗣同：我维新，我是“戊戌六君子”之一

◇◇◇◇◇◇◇◇◇◇◇◇◇◇◇◇◇◇◇◇◇

谭嗣同（1865—1898）

字复生，号壮飞，是清代的思想家、文学家。他是一个热血的爱国青年，受西方文化影响很深，诗歌中反映了很多新事物，杂文中也包含了进步思想和哲学思辨的内容，所写的《寥天一阁文》《莽苍苍斋诗》《仁学》等作品文字犀利，激情洋溢，对旧学有巨大冲击。由于看透了清王朝的腐败与落后，谭嗣同大力号召推行新政，积极投身维新运动，是维新派的中坚人物，可惜最后变法失败，他也为革命牺牲。人们把他和戊戌变法失败后遇害的林旭、杨锐、刘光第、杨深秀、康广仁合称“戊戌六君子”。

◇◇◇◇◇◇◇◇◇◇◇◇◇◇◇◇◇◇◇◇◇

诗人故事

如果只讲我的经历，你们也许会以为我是一部武侠剧的男主角。我是巡抚公子，长得倜傥潇洒，会拳脚、剑法、骑马，还结交了当时京城里颇有名气的侠客大刀王五，与有缘人弹琴高歌，煮酒论英雄，写下不少意气风发的诗篇。我甚至还有死而复生的传奇经历。十二岁的时候京城发生瘟疫，我染疾后昏死三日又醒了过来，所以取了个字叫复生。但我的生活，却是一部需要流血牺牲的历史正剧。

大清闭关守旧，科技经济大大落后于西方，政府黑暗腐朽，民众困苦不堪。我一直有报国之志，偏偏生性厌恶八股文这类应试之作，考了十年科举都没考上。不过多年各地游历的经历，让我结识了很多有思想、有才学的朋友，比如康有为、梁启超等人，也接触到西方的先进思想与技术。中日甲午战争惨败后，更是签订丧权辱国的《马关条约》。这对我冲击很大，于是在积极参加维新活动之余，写了一本《仁学》来总结这段时间的思考。

我爹看我总考不上科举，给我捐了个官，可做官和维新事业难以兼顾，于是我干脆弃官去了湖南，投入到轰轰烈烈的变法维新运动中。我的笔下很少再有咏史怀古、即景抒情的诗歌，更多的是写下一篇篇犀利的杂文，号召大家投身到革命中来。

因为守旧人士的打压，湖南的维新运动没能持续下去，我还遭到了生命威胁，但变法运动得到了朝廷的关注。1898 年，皇帝下旨，推行变法维新。然而，新旧斗争远比我想的激烈，甚至到了发动宫廷政变的地步。皇帝和我错信北洋军阀袁世凯。袁世凯悄悄向慈禧太后告密，导致我们在这场政治斗争中一败涂地。皇帝被囚瀛台，我则被捕入狱。

梁启超当时和日本人关系不错，躲进了日本使馆，逃过一劫。他叫我一起逃去日本避祸，王五也来了，表示愿意救送我出京。但我没走，写了一首《狱中题壁》以表心声。我熟读史书，也算见多识广，想想哪一国变法没有流血呢？今日中国变法未成，也许就是因为缺少流血牺牲。如果真是这样，那就从我开始吧！

潼关

终古高云簇此城，
秋风吹散马蹄声。
河流大野犹嫌束，
山入潼关不解平。

知识卡片

晚清山水诗中的罕见之作

十八岁那年，年少热血的谭嗣同前往父亲在甘肃的任所，途径潼关，被壮阔的景色激发出无限豪情，写下这首《潼关》。

潼关在今天的陕西，它是陕、晋、豫三省交会处的要冲，地势险峻，是古来兵家必争之地，见证过数代兴亡，元代张养浩就写过《山坡羊·潼关怀古》。从潼关的地理位置我们可以推断出，“河流大野犹嫌束”中，“河流”应该就是黄河，“束”是拘束的意思。黄河奔涌，却依然觉得受到约束，而山呢？“山入潼关不解平”，“解”是懂得的意思，这句是在说山峰的险峻。古老森严的潼关关城、奔涌的黄河、险峻的山峰一起营造出强烈的视觉冲击，有一种振奋人心的雄伟气势，体现了谭嗣同诗歌的豪迈之风，所以这首诗被视为他的代表作，其间洋溢的个人抱负和爱国热情在晚清山水诗中相当罕见。